地球村系列

落地生根
否極泰來

撰文 凃心怡
攝影 林炎煌

泰國簡介

地理環境 古稱暹羅，一九四九年改名泰國。位於東南亞中心地帶，東南接連柬埔寨，南接馬來西亞，西鄰緬甸，東北與北部與寮國接壤，南臨暹羅灣，西南瀕安達曼海，地處戰略要衝。國境大部分為低緩的山地和高原，西部以他念他翁山脈為主的山地；東北部是呵叻高原；中部昭披耶河平原，是泰國主要農產地；南部是西部山脈的延續。

面積 約五十一萬四千平方公里，為臺灣的十四點三倍。

人口 約七千萬人。泰人占百分之七十五，華人占百分之十四。

語言 泰語為主。

首都 曼谷。

氣候 大部分屬熱帶季風氣候。十一月至翌年二月屬乾燥的涼季，三月至六月為熱季，七月至十月為雨季。

經濟 主要農作為稻米、玉米、木薯、橡膠和蔗糖，為全球最大稻米輸出國，有「東南亞糧倉」美稱。工業著重汽車及零配件、電子電器、紡織、服裝、製鞋、家具等。旅遊業為外匯收入的主要來源之一。

宗教 百分之九十五信奉佛教。

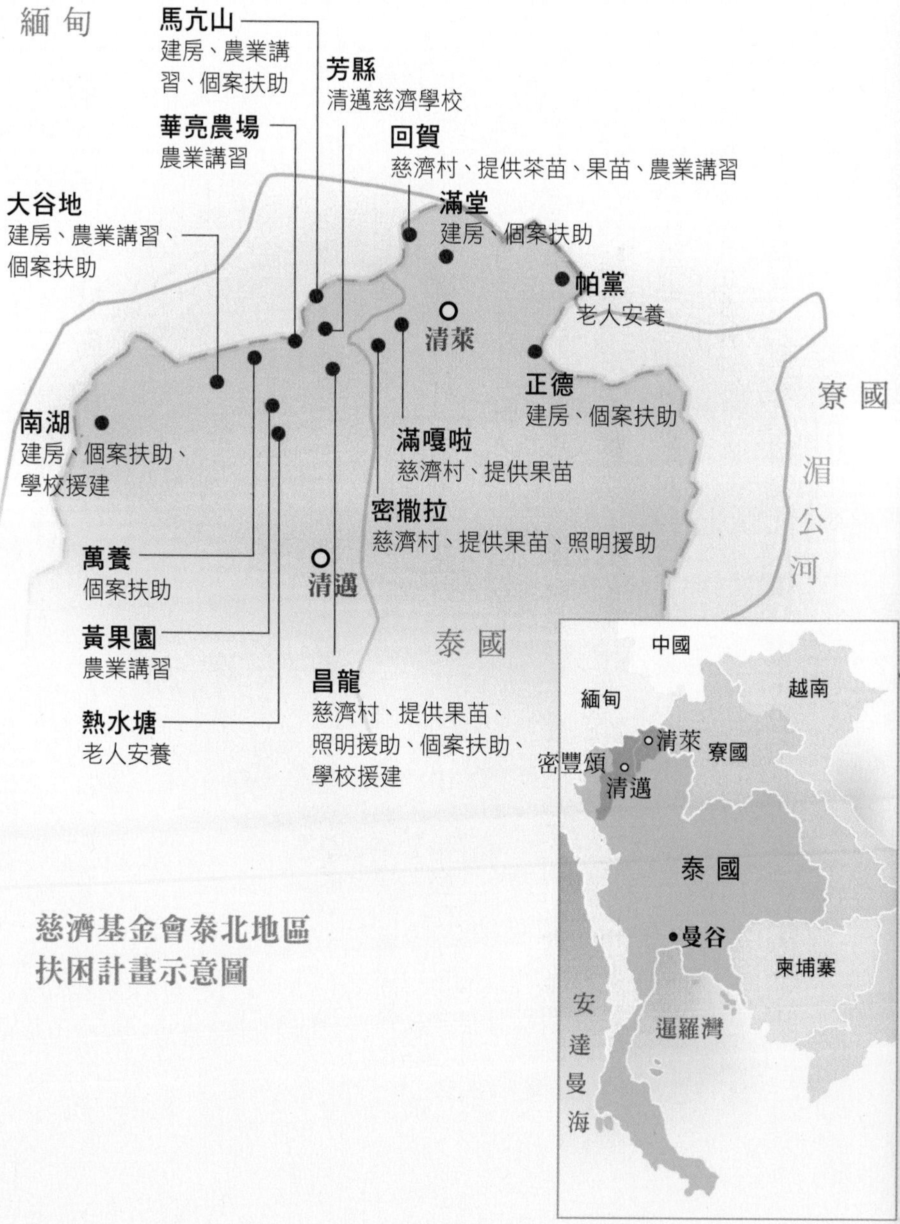
緬甸
馬亢山
建房、農業講習、個案扶助
芳縣
清邁慈濟學校
華亮農場
農業講習
回賀
慈濟村、提供茶苗、果苗、農業講習
大谷地
建房、農業講習、個案扶助
滿堂
建房、個案扶助
帕黨
老人安養
清萊
正德
建房、個案扶助
寮國
南湖
建房、個案扶助、學校援建
滿嘎啦
慈濟村、提供果苗
湄公河
密撒拉
慈濟村、提供果苗、照明援助
萬養
個案扶助
清邁
黃果園
農業講習
泰國
昌龍
慈濟村、提供果苗、照明援助、個案扶助、學校援建
熱水塘
老人安養
中國
緬甸
越南
清萊
寮國
密豐頌
清邁
泰國
曼谷
柬埔寨
安達曼海
暹羅灣

慈濟基金會泰北地區扶困計畫示意圖

序

泰北的蛻變與重生

很慶幸我們見證到了，也參與了一段既鮮明又滄桑的歷史，那是從困頓到坦途，從黑暗到光明，從顛沛流離到安樂定居的戰亂轉折歷史，在這戰亂轉折史中，「慈濟泰北扶困計畫」也發揮了不小的影響力，產生了不少動人的美麗浪花。

「慈濟泰北扶困計畫」，雖說是從一九九五年開始實施到一九九八年結束，但事實上，早在該計畫實施前一年，也就是一九九四年就開始了實地踏訪與周詳籌畫的工作了。歲月如矢，轉眼間也已十九年。

十九年前爲了擬定慈濟泰北扶困計畫，曾前後兩次深入泰北山區，實地了解泰北居民的生活情形與所處的艱難環境，慈濟就與泰北山區結下不解之緣。

當時，明知雨季已開始，還是抓緊時間拜訪難民村，好幾次人車無法順利而行，甚至困在山區差點動彈不得。印象最深的是，有一次碰上大雷雨，視線不清，車子只能緩緩前行，一行人的心在車內糾結著；因爲滿嘎拉村發高燒小男孩縮在茅草房竹床上的身影，揮之不去。

無醫可看，無藥可用，只能靠自身免疫力來面對疾病，這不僅是一個孩子的苦難示現，更是整個難民村實際困境的縮影。

重建村落只是泰北扶困計畫的起步，接下來還有農業改良及農業技術的推廣與傳授，以及清寒績優學生獎助學金的設立，這些計畫同時含蓋清萊、清邁。正所謂安居才能樂業，安身才能立命，身心安頓才能開創未來的命運。

十九年來，慈濟一直沒有離開泰北，慈濟人一直見證著泰北枯榮與新生；十九年來，慈濟人不僅沒有離開泰北，還在泰北興學辦校，為泰北的未來打造更亮麗的希望。現在的泰北，山還是山，水還是水，但人已不是當年的人，事已不是當年的事了。

慈濟當年所建的新村，依然屹立；所輔導種植的茶園依然翠綠，為育苗所暫時管理的農場依然運作；所幫助的學生已經成人成才；所陪伴的老兵已經逐漸凋零，但所立的碑石依然在目，碑文依然清晰可讀。

這不禁讓我想起孟浩然的一首詩：

人事有代謝，往來成古今。
江山留勝跡，我輩復登臨。
水落魚梁淺，天寒夢澤深。
羊公碑尚在，讀罷淚沾襟。

孟浩然是誰？是唐代的大詩人。這位大詩人在一千三百多年前登上了位於現在湖北襄陽縣南的峴山，看見了晉朝羊祜治理襄陽時普施德政，老百姓爲了感念他的仁德，在峴山建碑永誌，凡來此登臨的人，看見了羊公碑，讀罷了碑文上的記載，無不感動流淚，所以羊公碑又稱墮淚碑。詩人總是多愁善感，孟浩然看見了公羊碑，讀罷了碑文，也感動得淚流滿面，引發了諸多感觸，於是寫下了這首傳誦千古之作。

歷史告訴我們，社會國家未來是否有前途，就要看現在教育是否成功；換句話說國家的興亡，繫於教育的成敗，爲了給泰北孩子一個很好的教育機會，也爲了給泰北社會一個很好的未來發展，證嚴上人決定投入心力，在泰北興辦學校，從事教育志業。

當時我們決定要在芳縣蓋學校時，有不少人提出不同的意見，認爲這麼好的學校應該要蓋在都市裏，都市人口多，學生來源比較沒有問題。但在泰北蓋學校是扶困計畫的延續，更何況上人認爲偏遠貧困地方的孩子，更應該要給予應有的教育；不僅要給於應有的教育機會，更應該用心投入更多的資源。

或許有人看過《異域》這本書，對泰北殘兵敗將，困守綿延深山的悲情，留下顯明印象；也或許有人對當年「送炭到泰北」的新聞報導，還有些鮮活的記憶，當時都會對進退維谷的所謂「亞細亞的孤兒」給予無限的同情，對他們艱難處境，都曾一掬同情的眼淚。但漫漫歲月過去了，誰還復問那些老兵的存亡與狀況呢？

唐太宗說：「以銅爲鏡，可以正衣冠；以古爲鏡，可以知興替；以人爲鏡，可以明得失。」這些孤憤的老兵，不僅都已經垂垂老矣，而且正在迅速凋零；當年「亞細亞孤兒」所引起的震撼與反思，正在走入歷史；國共對抗的浪潮也正趨波平浪靜。然而我們是否眞的能夠以歷史爲鏡嗎？歷史這面鏡子眞的能讓人知興替，明得失嗎？事實證明：個人的愛恨情仇，即使面對歷史這面鏡子，也會像是霧裏看花，豈能看出歷史的興替與個人的得失！豈能看出道理的究竟與事實的眞相！

美國第二次世界大戰名將麥克・阿瑟在美國作證時說：「老兵不死，只是逐漸凋零。」凋零的是他們的身軀，不死的是他們的精神。只要不讓青史盡成灰，老兵的精神與其所象徵的意義，就會在歷史長河裏不斷迴盪。

二〇一二年六月重返泰北之行，心情既澎拜又惆悵，既期待又感傷。

澎拜的是：青山綿延，孤憤處處，人世間的悲歡離合與愛恨情仇，不斷悲壯上演，也不斷落寞謝幕。困頓的歷史小浪花與順境的歷史大漣漪，匯聚成壯闊的史詩，這怎能不令人心情澎湃？

惆悵的是：江山依舊，人事全非，當年把手話烽火的老兵與難民，被無情歲月浪潮一一淘盡了，他們的豪邁笑容與濃濃鄉音，只能空留回憶。

期待與感傷的是：十九年前的幼苗茁壯了，歲月可以淘盡上一代，卻不能淹沒第二代，第三代，這就是「新陳代謝」的眞正意涵。懷念第一代的悲壯，更期待樂見第二代、第三代的蛻變與展翅。當我們目睹泰北難民與老兵的後代，能破繭而出，再創自己的輝煌，心中既喜悅又感傷。

當時年僅四、五歲「不識人間愁滋味」的稚氣女兒，現在已亭亭玉立大學畢業，成爲社會菁英了。當年的玩伴，有的已走出山區，投入都市的人海；有的已成家立業，繼續在泰北那塊養活他們的土地上，勤耕反饋；有的已遠嫁美國，經營她的美國夢；有的則往來大陸與臺灣之間，從事商貿活動。

上一代的恩恩怨怨，似乎沒有在他們的心中留下陰影；過去的煙硝戰火與漫天風雲，似乎已雲淡風輕了。

現在泰北山區在一片發展觀光聲中，有了全新的思維與全方位的發展。當年的「作戰指揮部」，現在變成民宿客棧了；當年滿山遍野的罌粟花海，現在已發展成觀光茶園了；泰國皇家基金會經營的花博農場，已大放異彩了；果園果實累累，鮮紅荔枝，讓人垂涎；碩大芒果，讓人嘴饞。

站在山崗眺望，層巒疊翠，江山是如此美好，泰北不復是當年劍拔弩張的泰北了；氣氛也不復是當年肅殺悲壯的氣氛了，武裝減少了，觀光客增加了，一片祥和正導引著泰北朝欣欣向榮的歷史轉折邁進，這是泰北之幸，也是十九年來慈濟泰北扶困計畫最想看到的結果。

慈濟基金會副總執行長

王端正

目錄

扎根教育

否極泰來

漂泊異鄉

走訪異域

你有聽過「異域」嗎？

這短短兩字一詞，大概是一九六一至一九八〇年臺灣這二十年間最熱門的字彙之一了。一九七七年大學聯考作文命題「一本書的啓示」，《異域》是考生筆下出現最多次的書，其銷售量超過百萬冊；一九九〇年朱延平導演更將它改編成電影。

《異域》以類似報導文學的形式，記錄一個戰亂的年代——一九四九年，中華民國政府於國共內戰中戰事失利，帶著約一百二十萬軍民遷臺；然卻有孤軍一支，游擊於比臺灣面積大三倍的泰緬邊境，力圖反攻雲南，堅持收歸故土。歷經多年血戰，最終在泰北山區

滇緬游擊戰區一九三師排教練四十六年第一期學
員合影於猛撒
กองกำลังอาสาสมัครที่สำเร็จหลักสูตรการศึกษา

一九五三年第一次撤軍來臺後，仍有約六千名國軍官兵「抗命不撤」，改稱「雲南人民反共志願軍」，他們以游擊隊自居，屈身緬甸邊境，積極訓練，伺機反攻。

（照片翻拍自泰北義民文史館）

落地生根。

柏楊筆下那拋頭顱灑熱血的激昂，讓這批孤軍頓時轟轟烈烈起來，也引起國人相當大的震撼，甚至在港、臺地區掀起「送炭到泰北」的熱潮。然而，搜索過往的國、高中歷史課本，卻找不到這群人的身影。

正史沒有記載，後人的記憶也就少了這一群人的存在。《異域》的出版及這段泰北孤軍血淚史，對出生於八〇年代初期的我，如同背誦漢朝歷代皇帝般，是個困難拼湊的歷史場景。之後即使詳讀《異域》，內心感慨萬分，仍缺少那分情感的連結。

二〇一二年五月下旬，正值泰國雨季，我捧著《異域》一書，搭上泰國航空，轉機曼谷（Bangkok），來到清萊府（Chiang Rai），抵達孤軍所在處。

接連一個月的時間，與攝影兩人踏上泰國土地，攀上泰北各山頭，隨著雨水混著黃泥巴，歷史與我的生命終於有了連結；從這一刻起，《異域》的故事對我不再只是傳奇，而是眼前眞實的世界。

前往泰北採訪前，對於爲何國民政府撤臺後，仍留孤軍一支堅守泰緬邊境感到相當不解？詳讀國共內戰歷史後，只能拾書唏噓了。

一九四五年八月十五日，抗日戰爭結束，國民黨與共產黨對國家前途的政治意識分歧，再度浮上檯面；政治協商破局，第二次國共內戰在所難免。

一九四八至四九年間，是國共情勢定局的關鍵。遼瀋、徐蚌、津平三大戰役，國軍徹底潰敗，以蔣介石爲首的國民政府，轉向西南各省作爲奮戰基地。然一九四九年十二月，共軍進逼四川成都，中華民國政府不得不被迫遷臺，數以萬計的軍隊、軍眷和百姓，部分撤往香港、海南島甚至越南；在雲南的部分國軍則就地利之便，暫撤至緬甸境內。

緬甸政府對這群持有武裝的部隊，起初並不以爲意。直到一九五〇年六月，中共屢次向緬甸施壓，表示願代勞驅逐這支國軍殘部，緬甸政府深恐共軍一旦深入緬境，不願離開或協助緬共，才決定調兵遣將驅離。然幾度交戰，緬軍總是大敗。

但這支國軍部隊爲了反攻大陸的使命，卻與反緬勢力的克倫族、蒙族結盟，以確保能利用其港口，開通與臺灣的海運補給線。與克、蒙兩軍結盟，犯了緬甸政府的大忌。在忍無可忍下，緬甸政府除對國軍部隊發動全面攻擊外，並於一九五三年三月二十五日向聯合國提交控訴案。由中、美、緬、泰四國於曼谷成立聯合軍事委員會，商討撤軍事宜。是年十一月至翌年五月，先後從緬甸經泰國，轉乘專機，分三梯次、四十八批，將總計六千九百二十六名官兵、眷屬撤回臺灣。

倘若當年全數兵力都如決議撤臺，或許異域的故事便就此落幕。然當時，仍有約六千名部隊「抗命不撤」，改稱「雲南人民反共志願

一九六一年第二次自緬甸撤回臺灣的國軍將士，在青天白日滿地紅國旗的引領下，個個挺拔步出機艙。隨後臺灣政府撤銷游擊隊番號，「雲南人民反共志願軍」從此走入歷史。

（照片／陳訓民提供）

軍」，繼續反共職志；他們分支五個軍，撤銷原部隊番號，避免再遭緬甸控告侵略。

一九五九年，中華民國政府擬在滇緬邊區建立陸上第一反攻基地，並在孟帕遼興建機場，此舉引起緬甸與中共的高度關注，並促成兩方軍事合作將部隊驅離緬境。在交戰擄獲的武器中，被發現許多美式裝備，緬甸以臺灣違反美援武器使用原則，再次向聯合國控訴。中華民國政府不得不下令將這群部隊撤退來臺。一九六一年三、四月間，第二次撤臺的官兵、眷屬及義民，總計有四千四百零六人；但由李文煥領導的第三軍、段希文帶領的第五軍，合約四千一百多名官兵則選擇留在金三角地區（泰國北部與緬甸及寮國相鄰交界處）。

一位孤軍二代告訴我這段關於三、五兩軍留下的歷史時，突然靠在我耳邊，怕有人聽到似地輕聲說：「據說當時留下，是接獲臺灣的密令，臺灣還是盼著有一天我們能藉地利之勢攻回大陸去。」

而後，我查閱相關資料，第三軍因考量臺灣離雲南家鄉太遠，且不看好撤臺後的前途，自始至終都不願撤退；願意撤臺的第五軍，則因臨時奉上級情報局的「密令」而留下。這道密令大致提到：「只撤老弱，精幹全留，補給當設法。」並且爲防國際起疑，他們必須拋棄中華民國國軍軍籍資料，退居叢林。中華民國政府則對國際宣布，未撤臺的部隊已與國府無關；軍屬不聽令者，國府概不承認。

化明爲暗，也從這一刻起，他們成爲被國府宣告遺棄的部隊，孤軍之名就此而來。

在泰北停留一個月採訪後，我曾天眞地認爲，倘若當年所有人都撤回臺灣，或許也就能少受點罪。直到在臺灣遇見石炳銘，才明白現實並非想像中美好。

一九五〇年撤離雲南家鄉的石炳銘，曾任雲南拉祜族土司、雲南

第二次撤軍來臺的國軍官兵，先被送往臺中成功嶺安頓，等待分發與安置。其中志願退伍參加農墾工作者，分別安置在高雄、屏東和清境等三個農場，開啓在臺灣「新故鄉」的生活。

（照片／陳訓民提供）

耿馬土司官祕書，受託奔走反共事宜。一九五三年隨部隊撤臺，繼續投身軍旅，退役後轉任中華救助總會，重返泰北為昔日戰友們服務。

看盡臺灣與泰北的士兵，石炳銘認為，無論是撤臺的軍人，或是留守泰北的部隊，一樣都從苦日子開始。「臺灣土地狹小，好的土地早有地主，撤回來的兵不是被分到武陵農場那種海拔兩千公尺的石頭山上，要不就是像高雄美濃那種河川地，下面兩、三公尺都是沙，什麼也種不出來！」

石炳銘曾上武陵農場與老戰友閒聊，大夥一說起靠政府接濟的苦日子，就怎麼也顧不得男兒有淚不輕彈，他們總說：「懊悔了！懊悔了！怎麼會跑到這種地方，早知道就不撤回來了。」直到農業專家協助種植果樹、蔬菜，土地價格增值，才終於走向安居樂業的日子。

我問石炳銘，如果眞要比較，以當年情勢來看，臺灣和泰北哪邊比較苦？石炳銘不假思索地說：「當然是泰北苦。臺灣這兒至少人家還承認你，在泰北沒身分，你什麼都不是！」

游擊邊境

（一）

「在泰北沒有身分，你什麼都不是！」沒錯！孤軍在泰國面臨的第一個問題，就是身分問題。成爲孤軍後，這批雲南籍的士兵只能一邊躲在泰緬深山，一面等待著臺灣的命令。

爲了解這一段撤退與游擊歷史，我們來到位於清萊府的明利村，拜訪孤軍第二代李開明。

李開明在明利村經營民宿與茶園，我們圍坐在富具中國風的民宿內，品嘗著李家自產的烏龍茶，眺窗望去，層層疊疊的青山美不勝

三、五兩軍以非法身分居留泰國，後來因助泰國政府，平定泰共勢力，才得以獲得一紙難民證，在規定區域自由來去。

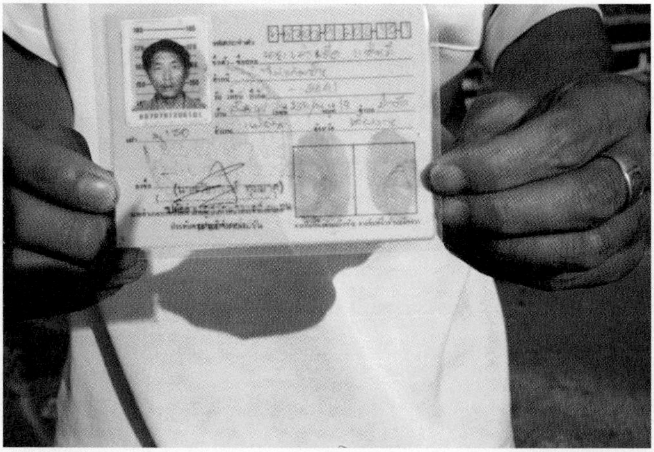

（照片／慈濟花蓮本會提供）

收。然而，對李開明而言，小時候這片崇山峻嶺並非如此可親。

「山既是我們的庇護所，也是足以令人喪命的惡嶺。」高大直挺的李開明現年六十三歲，不甘一頭微白的髮，早已染黑烏亮，一身打扮相當時尚，格線襯衫搭上牛仔褲，若再戴上一頂竹編的帽子，像足了美國西部牛仔。這樣瀟灑的他，說起從前往事，更是唱作俱佳。

李開明說，故事非得從雲南撤退時開始說起才能完整。

「我的老家在雲南緬寧市，共產黨執政後改名臨滄，是縣城旁的一個小鎮。」根據李開明的了解，父親在地方上很活躍，手下有一批小伙子跟著，與管地方的政府專員關係也很密切。「這個專員是反共的，父親理所當然也成為反共的一分子，莫名其妙從軍去了。」

「才沒幾天，部隊就被擊垮，只好一路撤到緬甸的山區。」查閱地圖，緬甸與雲南間峻嶺層層，翻座山就形同翻過了界。撤退兩個月後，李父才將李開明與身為二房的母親接到緬甸，當時李開明才不過八個月大。

駐紮緬甸山區後，李開明一家與部隊足足待了四年，他們以茅草爲頂、竹編爲牆，在深山叢林掩蔽下，搭起臨時安居處所等待臺灣的訊息，並一面與共軍交戰，另方面也要時時提防緬軍的逼退。

「那時候我們最怕緬軍的轟炸機，無論是吃飯也好、睡覺也罷，轟隆聲來，家家戶戶都要躲到防空洞去。」三兩家一處防空洞，防禦工事絲毫不敢怠慢。

李開明永遠記得，三歲的時候，大他八歲的哥哥牽著他，要到指揮部探視父親，行經小竹林時，三架緬軍轟炸機震耳疾飛而來。哥哥一聽到聲音，馬上尋找掩護躲起來，但不經世事的三歲小娃，哪知道戰爭的無情，不僅追上前去，嘴裏模仿轟炸機的轟隆聲，還揮著小手興奮地叫著：「溝溝溝！有一架！溝溝溝！又一架！」

李開明的朗朗笑聲，迴盪在民宿大廳堂間，「等飛機過了，哥哥才敢出來把我拉走，嚇得他一身冷汗！」

情勢緊張時，他們連白天都要躲在烏黑的防空洞內，待夜晚視野不良，轟炸機無法出勤，才敢返回住家休憩。好一陣子，他們的雙眼習慣漆黑，也早已忘記沐浴在陽光下的感覺。

部隊一邊打著游擊戰，一邊往泰北山區探勘地形。一九五八年，李開明的父親被派任尋找養兵新所。

「沒有退路，就無法生存，於是我們選擇在泰緬邊境遊走。緬甸打過來，就躲到泰國；泰國來打，就躲到緬甸。反正整片山來來去去就這兩個國家，當時我們已經沒有國籍觀念，能夠活下來最重要。」

然而，躲避人禍還只是生存的其一條件，他們還得對抗不時出沒的猛虎、無可逃避的瘧疾，以及山區各種險峻的生存關卡。

當軍糧殆盡，只能以芭蕉心果腹，佐以芭蕉汁液止渴。我曾於大學期間在臺灣山區部落旅行，食用過芭蕉心。部落居民爲了讓我好入

在泰北群山叢林間，孤軍以茅草為頂、竹編為牆，替自己打造一個庇護之所；然山區資源不豐，生活相當困苦。

（攝影／黃錦益）

口，將芭蕉心煮得軟嫩，但我仍覺得刮口，得以想像他們三餐以此為食的日子有多苦。

李開明的思緒沒有因為我的感慨而停止，情節來到第二次撤臺──當年他已經是一個能夠端茶水的小伙子，撤臺會議上在旁侍候茶點。小小的屋裏，聚集五個軍二、三十個重要幹部，「我們第五軍依密令決定留下，說是三個月後會回來整合，誰知道這一撤，就遺棄我們二十多年不聞不問。」

李開明話語朗朗，卻不難聽出一絲怨懟。知道自己犯愁，旋即端起茶一口仰盡，放下寬口小茶杯的同時也替自己圓場，「人就是一個命運，誰都說不準。」

等不到臺灣方面的補給支援，這支孤軍開始在緬甸與泰國邊境遊走並流連據守；數千人軍隊的居留，個個荷槍實彈，戰力堅強，卻無歸期，令泰國與緬甸政府都無法容忍。

而對當年局勢緊張的國共關係來說，泰緬邊境無疑是一處極為敏感的地帶，就戰略位置而言，彷彿一把利刃插在中國的側背上，威脅甚大。

面臨中共、泰國與緬甸的軍力三面夾擊，他們只得在邊境周圍四處流亡，游擊戰不斷，傷殘死亡從未間斷。通常一處若能安居上幾個月，就是天大的幸運。

有別於李開明選擇笑談過去，六十八歲的李朝相，訴說起這一段，則一臉茫茫哀戚，「到後來，都不知道是為國家而戰，還是為生存而戰……我們都知道，中國是打不回去了，礙於國際情勢也到不了臺灣，眞的成了孤兒，連個棲身的地方都沒有。」

游擊戰四起，當敵軍來襲，精壯的男人們出外打仗，老幼婦孺安靜地尋找庇護，在防空洞裏、在大樹枝節根中，或是在爛泥沼澤旁。有時為了避免襁褓中的嬰兒啼哭，甫為人母的只能狠心向軍醫要來一些安眠藥，餵孩子吃下……

對他們而言，竟是生死皆憂。戰亡的人，因結束短暫人生而抱憾；倖存的人，面臨如何生存，卻是百愁千結。

一九六一年第二次撤臺前夕，上萬名官兵及眷侶一心等待契機與上天眷顧，欲憑智慧與勇氣收復故土；撤臺後，堅守不離的，頓時淪爲孤兒，流浪於泰緬邊界，一直到曙光乍現前，中間整整有十年的歲月，塡滿心思的唯一念頭，只求能活下去。

（二）

至今我們或許熟知有支孤軍留守泰北，但事實上，緬甸也有不少人在那兒定居下來，就是因爲當年兩方遊走的結果。

然而，爲何第三、五兩軍軍長後來決定將部隊帶往泰國駐紮呢？暫且跳開戰爭的利害糾葛，先一探究竟華人在泰國的史源吧。

泰國歷史上共有四個王朝五十二位君王。披耶達信爲第三王朝——吞武里王朝（西元一七六八～一七八二年）的開國者，是歷代

自滇緬邊境撤往泰北的國軍士兵，大多是隻身逃難；待解甲歸田稍得安頓時，便與當地少數民族少女成婚，形成老夫少妻配。

（攝影／黃錦益）

第四十三位國王；泰國歷史上僅有五位具「大帝」封號的國王，披耶達信即是其一，可見其豐功偉業。他的野心造就了數年間不斷地東征西伐，使吞武里王朝成為泰國幅員最大的時代；而披耶達信正是華人後代，又名鄭信，父親鄭鏞為廣東澄海人。

據中國史料記載，自明朝初年就有華人移居時稱「暹羅」的泰國。明末清初，滿清入關，不少閩粵地區的商人為了躲避亂世，以及尋求商業出路，於是駕船往返中國與暹羅間進行商業貿易。漸漸的，移居泰國的華人便不斷增長。

往後，無論是中英鴉片戰爭、民國建立初期、對日抗戰與國共內戰時期，都有規模性的移民潮，甚至在越戰期間，從越南逃難往泰國的華人也不少。

根據泰國媒體公布的數字，十九世紀三〇年代，曼谷四十萬居民中，華僑與華裔占四分之三。第一次世界大戰之後，泰國華人總數已達百萬；第二次世界大戰期間，更多的華人湧入這個與日本結盟的國度避難。

二〇〇八年，泰國政府公布旅泰華僑總數達八百五十萬，占泰國總人口數的百分之十三；泰國華人界則自估，華人總人口數約占三成左右，但若是計入華裔血統，則可能超過半數。

泰國，五十一萬三千多平方公里，當時人口的六千六百萬，試想若真的超過半數有華人血統，那當地的華人總數則將近臺灣人口數的一點五倍，多麼可觀！

事實上，自有中國移民開始，泰國對華人都釋出各種優待政策。泰國史籍記載，某段時期中國人入境不受限制，甚至可以免除各種勞役；阿瑜陀耶王朝（一三五〇～一七六七年）時期，法律規定泰國婦女不得與英國、法國、馬來西亞等國的人民通婚，唯與中國人通婚除外。

在臺灣，我們常稱外國人爲「老外」，而泰國也有類似稱呼，泰文稱爲「發郎（frang）」；然而，泰國人眼中的發郎，並不包含居住在泰國的華人。長年以來的移民與種族融合，對泰國人來說，華人已非外人。

泰國對華人的待遇，以及華人爲數衆多的優越情勢，第三、五兩軍選在泰國駐紮，其實比在緬甸還要得利。他們居住深山，若需要到城裏購買民生所需，也未嘗不可，換上平民服飾、隱藏起槍械，誰會知道他們是一支游擊部隊呢？

「一開始，我們都躲在山區，養豬養牛，自給自足。」李開明說，後來膽子漸漸大了，才開始披荊斬棘，開拓一條前往城市的路，以馬馱運，到城裏換取煤油、鹽巴與乾貨。

然而，若是遇上多疑的守備軍，那可得小心了。李開明表示，當時不少人花幾個錢，向當地少數民族購買身分證，「他們的人往生後，沒去撤銷戶口，我們就拿著死人的身分證，名正言順地過活。」沒有門路、也沒有錢買身分證的，就得手腳麻利點，快點逃！

受到《異域》這本書所感動，二十二歲就志願前往泰北服務至今的卓素慧，談起當地的身分問題，不禁笑談剛抵達泰國第一天所發生的事情。

第一次踏出國門，卓素慧不清楚飛航行李限重二十公斤的規矩，所幸當時的老闆幫她與旅行社溝通，與團體的行李一起秤重通關；然而，一抵達泰國，她推著將近九十公斤行李欲入關，理所當然被海關人員攔下。

「你拿這麼多東西，是要跑單幫嗎？有繳稅嗎？」穿著白色制服的海關人員，很有威嚴地盤問她。

卓素慧慌張地搖頭：「這是要帶去難民村的。」

「哪一個難民村？」

英文不太流利的卓素慧，非但無法表達欲前往的村落名稱，更別說要如何向海關人員解釋泰北難民村。

所幸泰國人一向以和善出名，見她慌亂得不知如何是好，主動替她解圍，「這樣吧，來接你的人應該會泰文，讓他來跟我說。」

於是，卓素慧兩手空空步出海關，果眞在入境處，看見兩個人手裏拿著寫有「卓素慧」中文字的牌子，正引頸期盼著她。卓素慧如遇救兵，跑過去說：「你們可以跟我進去一下，向海關人員解釋嗎？」

兩人一聽，一臉惶恐，直搖著頭，只教她幾個泰文單詞，要她自己去跟海關人員回覆，還說：「我們沒有證件，不能進去。」天眞的卓素慧不曉得泰北孤軍身分的窘境，便直接告訴海關人員：「他們說沒有帶護照，不能進來。」

豈料，熱心的海關人員竟跟著她步出通關處，那兩個來接卓素慧的人，一看不對勁，一個當場傻住，一個抽腿就往大門狂奔而去。

「還好海關人員只是問幾個問題，並沒有提到身分問題。」卓素慧說，一直到她走進泰北生活幾個月，才知道嚴重性，「那兩個人是非法到曼谷打工的，要是被查到，可就不妙。」

我問卓素慧，這兩人後來可還有聯絡，卓素慧笑答：「當然有，我們還成為很好的朋友。其中一個如今在曼谷當大老闆呢！」

從沒身分的棄兵難民，成為今日的企業主，這般情勢扭轉的因緣，並非一朝一夕所造就，更非仰賴幸運之神的眷顧，而是這群士兵們靠著堅定的勇氣、鮮血與同袍性命，換取來的機會。這個契機的轉折點，史稱「考科山、考牙山戰役」。

孤注一擲

中國歸不得，臺灣又斷了訊息，爲了解決補給問題，李文煥帶著第三軍約一千多人部隊，在泰北清邁府（Chiang Mai）芳縣（Amphoe Fang）覓得海拔八百公尺、地勢易守難攻的唐窩安營紮寨；段希文則領著第五軍在清萊府西北方三十英里，足以扼守群山隘口的美斯樂建立駐地。所選的地點不以經濟考量，只單純以戰略位置來估選。

孤軍爲使命而過著游擊生活，爲生存而走險假冒身分，就這樣過了將近十個年頭，一直到一九七〇年，才終於展露契機。

李朝相語氣堅毅地告訴我，泰緬邊境游擊的心酸以及被政府棄之不理的無奈，並沒有讓一生軍戎的傲骨就此灰飛煙滅，他們很快就打

考科山和考牙山戰役，奠定孤軍在泰北的生活基礎，對他們來說，這雖是身經百戰中的一役，卻是最銘刻於心的一仗。

（照片翻拍自泰北義民文史館）

起精神來。瘸了腿的他挺直坐著，雙手安然地搭在胸間的拐杖上，打算述說一個令他驕傲的故事。

要讓李朝相開口說是簡單，卻也是困難。初次見面，他一雙灰白眼眸直直地望進我的眼神，彷彿窺探眼前的我是敵還是友？短暫的沈默逼得我也不禁將背打直，雙眼堅定地回望著他。

老人滿意地揚起嘴角，開口第一句話就說：「你可知道，泰國北部邊境還有右方邊境的那座山，是我們打下來的。」老人咧嘴一笑，一口牙剩沒幾顆，但說起話來仍豪氣十足。

老人所指，即一九七〇年十二月起協助泰國剿共，與一九八一年的「考科山和考牙山之戰」，是讓這一群失根的軍隊，終於能卸下沈重槍桿，安居在泰國土地上的重要戰役。

一九六〇年代後期，泰共勢力逐漸發展壯大，他們盤據泰北清萊府山區不斷作亂，不僅破壞橋梁、搶劫居民、襲擊警察，甚至謊報投誠，引誘狙殺前去和談的清萊府府尹與軍警首長，大有占領泰國北部群起造反之勢。泰國派出政府軍平亂，卻屢遭重創。

反政府武裝駐紮山區，山高路遠，車輛與重兵器運抵困難，山區內又布滿小型地雷，讓泰國軍方傷透腦筋，遲遲無法有所進展。一籌莫展之下，泰國軍方心想，何不雇用熟諳山區攻勢的這批華人孤軍協助剿共？

一九七〇年，時任泰國武裝部隊最高司令江薩．差瑪南（Kriangsak Chamanan）上將即與三、五兩軍聯繫，並允諾：「若同意合作，今後不再提繳械。」然而，三、五兩軍卻不依從，「繳械本無可能，如能給予合法居住權，可率部弭平。」

同年秋天，泰國最高統帥部決議以「遷徙難民計畫」的形式，與三、五兩軍合作剿共。經泰國國務院會議通過這項計畫，讓當時居住在泰國境內的「國民黨中國軍隊」，以難民身分繼續居留泰國。

翻閱史料或相關書籍，對泰北這支國軍始終稱之難民，卻不知緣由為何？原來，難民之稱，是他們要合法居留在泰國的第一步。

「決議通過之後，他們把三軍三至五百個壯年人口遷至清萊府的萊帕蒙山，再將五軍三百個壯年者移居清萊府的萊隆山。這兩個山區當時都是泰共勢力最猖獗的地區。」李朝相說，他們長年在深山打游擊戰，山區地形對他們而言不是難題，反而是助長聲勢的薪柴。

李朝相也記不住究竟經歷多少次的大小戰役，只記得完全弭平已是一九七九年的事了，「全面肅清後，整個局勢才眞正算是安定下來。」

然而，在國際共黨的支持下，泰共勢力卻往中部發展，盤據碧差汶府（Phetchabun）隆沙縣（Lom-sak）的考科山（Khaio-kho）與考牙山（Khaio-ya），此處位居泰國的中心地帶。倘若泰共壯大聲勢，極有可能將泰國一分為二，形同南北越與南北韓的割據局面，然而泰國軍方卻無可奈何。

這一回，泰國軍方再度找上三、五兩軍支援。

聽曾經打過那場戰役的幾位老人說，由於他們深居山裏刻苦生活多年，出兵時個個面黃肌瘦、衣衫襤褸，泰國軍方既失望又不可置信，嘴裏不說，心裏已不奢望他們能贏得這一役。

李朝相表示，當時想更進一步地爭取合法身分，可以說是背水一戰，「每天早上，我們就把前一天駐紮的營區破壞掉，告訴自己，這仗一定要打贏，這樣才能合法留在泰國；如果打敗仗，就是死路一條。」

當年前往考科山和考牙山的道路尚未開通，泰國軍方用直升機將他們送入山區，每人僅發給三袋米，「白天我們不敢煮食，怕被敵方發現；晚上大家才各拾一把米放進鍋裏煮。有時候找不到水，就砍芭蕉樹喝汁液解渴。」

「三、五軍各出兵兩百人，最後三軍死亡十三人，五軍也死了十三人，不多不少，非常平均。」艱困的條件，必贏的信念，泰國軍方征剿近二十年的泰共，孤軍僅用二十二天即告平定。

翻閱覃怡輝著《金三角國軍血淚史（1950～1981）》，書中刊了數張考科山和考牙山戰役後，兩軍凱旋歸來的照片，確實面黃肌瘦，因爲他們失去補給、長期營養不良；也確實衣衫襤褸，因爲他們歷經一、二十年的征戰，求得溫飽比遮風蔽雨來得重要。

但我看到的重點不在於臉色與衣裝，而在於他們直挺的身形與勝仗後顯露的雀躍。毫無疑問，他們是一群可敬的軍人。

當重傷的士兵被運往首都曼谷就醫，泰皇蒲美蓬．阿杜德（Bhumibol Adulyadej）親赴醫院慰問；當泰皇和這群傷兵對話時，他們卻一句話也答不出來。泰皇不解，問一旁的將領，才知道他們並非泰國人，而是來自泰北山區的華人孤軍。

其實早在征伐北方動亂時，泰皇就接見過三、五兩軍的軍長。當

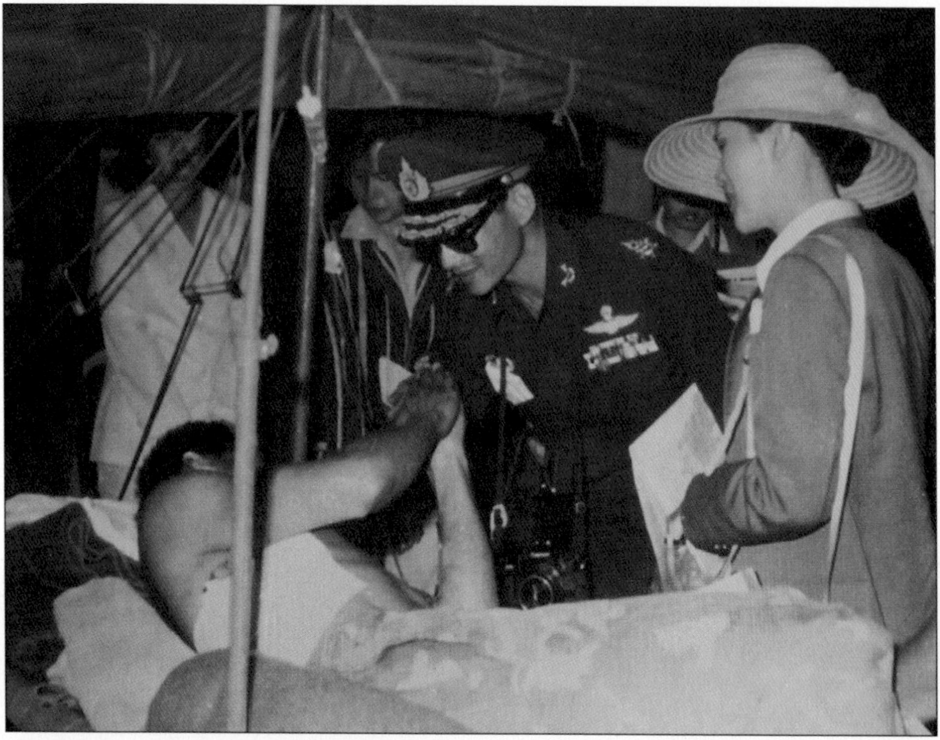

一九八一年二月二十七日，泰皇蒲美蓬偕同泰后菈臨考科視察，並前往野戰醫院慰問剿共的傷兵。

（照片翻拍自泰北義民文史館）

時三軍軍長李文煥向泰皇獻上帕黨（北部山區地名）之石，以表達收復失土之意；五軍軍長段希文則獻上帕黨鮮花，表示國運如鮮花般欣欣向榮。

這一回，這支華人軍隊又為泰國灑下熱血，並獻上國泰民安的大禮。泰皇認為，再以難民對待並不公平，隨即下令為這群士兵處理「歸化入籍」，讓他們以合法身分留居泰國。

事實上，在清剿泰共的後期，泰國內閣即批准了最高統戰部的建議——同意讓有功的三、五兩軍官兵入籍，或未參加剿共者，只要附加條件符合即可提出申請。到一九八三年為止，合計核准了五個批次，一萬三千七百二十八名官兵及其眷屬取得泰國公民證。

之後，泰方因無法實際掌握三、五兩軍的人數，也擔心新移民會以此為跳板，非法達到快速入籍的目的，遂於一九八四年將三、五兩軍入籍作業，由最高統戰部移交內政部，並取消不受名額限制的特權，致使部分尚未入籍者，被視同一般雲南難民。

爲尋求生存空間，長期集散遷移結果，據一九九四年中華救助總會「泰北難民村工作團」的概括報告，泰北難民總數約六萬五千餘人，分布在清萊、清邁、密豐頌（Mae Hong Son）、達府（Tak）、北碧（Kanchanaburi）等五府，共有六十四個難民村。成員來自中國大陸各省，以滇籍比例較多；主要係前雲南人民反共志願軍官兵及其眷屬，及部分隨軍南下之商賈義民。

多數難民由泰國政府授予「隨身證」、「難民證」或「臨時證件」，只能在所在縣治內居住、活動；如要到外地謀生，需取得當地縣政府的同意，核發通行證，否則視爲「非法入境」。因此他們身困深山，過著與世隔絕的生活，這就是「亞細亞的孤兒」——泰北難民的形成。

悲寂殘生

（一）

當這群流亡異域超過三十年的孤軍，終能免除顛沛流離以及戰役之苦，卻不代表人人都能自此幸福。

考科山、考牙山戰事當年，未滿四十歲的李朝相，至今未娶。我問：「爺爺，您不覺得孤單嗎？」李朝相沈思了一會兒，沒回答問題，反問道：「如果是你，願意嫁給我們這種又窮又苦又病又殘的軍人嗎？」

問話的口氣很輕，但是問題本身卻沈得讓我難以回答。

熱水塘傷殘老兵安養中心裏，一生忠貞的士兵們，凋零殞落得所剩無幾；懷恩堂的金身大佛早已失去信衆，兩位中華民國政府領導的遺像前，也不再如同以往喧譁。

當年部隊解散之後，不少人與當地女子結褵，但也有不少像李朝相一樣孤身一輩子。李朝相算了算自個兒的部隊，「大概三分之一的人有結婚，其他都跟我一樣，一輩子打光棍。」

身無缺殘的士兵，多能擁有家庭，即使沒有家人，也能靠著勞力討生活。然而像李朝相這般，因爲戰爭導致身體殘缺的，只能在同袍家中四處寄居。「過著連乞討都不如的生活。」他這般形容。

一九八二年，臺灣以救濟大陸災胞、關懷海外難胞爲任的「中華救助總會」，在泰北成立難民村工作團，有計畫地對難胞展開農牧業輔導、醫療服務、教育補助、手工藝訓練、貧戶救濟，以及改善住宅與基礎建設等救助工作。

六年後，又結合泰北當地軍官大老，在清邁府成立熱水塘傷殘老兵安養中心，將傷殘與年邁孤身的士兵集中照護；另外，在清萊府的帕黨、密豐頌府的密窩兩地也各成立一處。

熱水塘傷殘老兵安養中心有三間宿舍、一間餐廳，以及一處廳堂。我們抵達那天正下著大雨，院友查金旺就坐在房門外的廊上，望著愈來愈大的雨勢，敘述著難以明說的心酸。

「過年放鞭炮時，都會想起雲南的老家。」七十歲的查金旺，從安養中心成立時就入住，這裏已是他住了二十四年的「家」。想起戰事平定後、落腳泰國前十年的往事，心情仍舊複雜，「這時就會躲到被窩裏哭，也盼著能早點睡著，讓靈魂飛回家鄉去……」

該是多大的傷痛，讓一個已過不惑之年的男人，如男孩般躲進棉被暗自垂淚，希望靈魂能解脫思鄉之苦？大時代動盪下的悲離故事，我恐怕連萬分之一都難能體會。

「會和家鄉的親人通信嗎？」我問。

查金旺落寞不語，倒是一旁四十九歲的所長熊文慶幫忙搭話，「早期這兒跟老家的信件很頻繁，後來就愈來愈少了。那邊不寫信來的也有，通信常常要等很久也是，重要的是看了信也只是徒增傷感與思念，乾脆就不寫了。」

查金旺不想再談下去，我也不捨再問，於是起身走往懷恩堂。

懷恩堂是一處兼具佛堂、辦公與接待功能的八角廳堂，有別於宿舍和餐廳的平房造型，懷恩堂建有飛簷，古色古香。

推門入內，一陣粉塵揚起，抬眼一望，是國父孫中山與先總統蔣介石的遺像，默默靜視著來者。我合掌敬拜，願兩位受人尊崇的領導者能看顧這群老兵。

廳堂中，立有金身佛像，我近身前看，香爐餘燼已不知年，甚至布滿蜘蛛網。一九四九年至今，歷經六十多個年頭，如果是我，或許也會對神明無所寄託吧！

「熱水塘」村名的由來，乃是因爲擁有終年熱氣蒸騰的溫泉。初聞此事，我覺得這名稱既漂亮又有含意；但身處熱水塘傷殘老兵安養中心，當老人開口講述心事時，一切都不再浪漫，取而代之是痛心與孤寂。

飯後，熊文慶領著初來乍到的我走了安養中心一圈，瘸一條腿的他走得不快，卻也因此有更多時間可以談這兒的一切。

「我們原本有三棟宿舍。」我往牆上一看，一小塊如板擦大的木牌上，用端正的書法寫著「第二宿舍」。

熊文慶繼續說：「這裏是第二隊，住的都是打泰共的；上面是第三隊，較年輕的；下面是第一隊，最年長那批打中共的。」

我往他說的方向望去，卻看不到所謂的第三宿舍。

「老人都凋零了，電費、瓦斯費都貴，又沒體力打掃，乾脆就拆了。」熊文慶表示，二〇一二年五月他才剛接任所長，前任所長因久病不癒，四月撒手人寰。

來到廚房與餐廳這棟建築，一入門即能看見一排大灶，上面擺著四口鑄鐵大炒鍋。

同袍日漸凋零，安養中心的老兵孤單地叼著緬甸生產的廉價草菸捲，度過長日。

熊文慶望向那四口張直雙臂僅能勉強搆到雙耳的炒鍋，笑說以前炒菜像打仗，「洗鍋子時，甚至要用竹掃把呢！」鍋子之大，足見當時居住者眾多。

話才剛講完，煮飯的阿姨走進來正要張羅伙食，只見她捨棄大灶，走到後方用起小火盆。

午飯時間，除了行動不便在房裏用餐的老人，七人坐的飯桌，竟坐不足兩張。

「五、六年前，像是約定好一樣，陸陸續續都走了。」熊文慶話裏惆悵得令人窒息，「有時我們在墳山幫老人挖墳，還沒挖好，就來通報說又走了一個。」

幾年前，有個慈善團體在懷恩堂下方豎立一個石碑，近兩百公分的花岡岩碑上，刻有一百七十九個名字，代表曾經住在這裏的每一位戰士。如今包含煮飯阿姨與後來增收村內無力自足的村民，院內僅僅十八位。

查金旺坐在我面前，揉了揉因爲下雨而發疼的膝蓋，談起思鄉情緒，突然用好生羨慕的語氣說：「你知道嗎？這裏有一百多個人都如願回老家去了。」

窗外雨聲滴答作響，像是在爲查金旺接下來的自我解嘲伴奏，「我們死去的李將軍肯定是在天上發布召集令，我也差不多該歸隊了。」他隸屬三軍，指的是李文煥將軍。

華人一向避諱談死亡，提及老邁，總是習慣說：「您身體健朗，一定會安康。」但我選擇開玩笑地回應：「爺爺，您一定是表現不好，所以李將軍不要你。」

查金旺聞言朗聲大笑，久久不止。後來他將挺直的背靠向牆壁，讓自己坐得輕鬆點，如枯枝般瘦弱的手臂安放在雙腿邊，悠悠地說：「也是，像我們這樣一身傷殘，恐怕是連地府王爺也不要吧。」

「那你害怕嗎？」我問著並將手覆在爺爺的手上；那是一雙冰涼的手，或許熱血早就在那幾十年的征戰中灑盡。

爺爺的雙眼往我一瞅，「我這輩子看過的死人那麼多，戰場上的、同房的，還會怕死嗎？」一陣輕笑，他將頭轉往外頭漸小的雨勢，並做了結語，「人生無論輝煌與否，終究是一死而已。」

柏楊在《異域》裏曾有一段話令人感嘆萬分：「對於一個滿身是瘧疾菌，而又隨時都可以死去的老兵，每天所遇到的，都可以說是大事，但也都可以說是小事，即令是死亡，在我們看起來，不是也太平淡了嗎？」

（二）

午後，雨終於停歇。我們走進陽光，隨著熊文慶的腳步參訪安養中心最後一處領地，也是老人們人生最後一站——墳山。

「總共買了三處墳地，有兩處已經埋滿，最近的一處不遠，車程僅五分鐘。」熊文慶騎著摩托車帶我們上墳山，櫛比鱗次的墳墓林立

熊文慶走在墳間，敘述每位逝者的個性與生平。這群戰士自撤離家鄉開始，就在群山叢林間游擊求生；人生最後一站，只能葬於這異域山頭。

山頭，色彩斑斕。熊文慶大手一揮，笑著說：「這裏大概有上千棺，都是雲南人，看，像不像一個小國家？」

雲南墳與臺灣常見的墳造型不同，地表上以鋼筋水泥築起一座棺木，然而實際的棺木是在地面下。地上的水泥棺可以塡漆各式顏色，甚至可造飛簷梁柱、雕刻靈獸。若非死亡忌諱，一座座雲南墳，仿若是一件件藝術品。

但我的驚歎，很快就隨著熊文慶的步伐而消散，我們離開整理整潔的墳，撥開比我還高的蘆葦往深處走去。

「你剛剛看到的墳都是有家庭的，這十九棺才是我們安養中心的。」有別於其他墓碑刻有生平記事與子孫名氏，熊文慶指著水泥深灰色的墳，既無飛簷也無靈獸，墓碑上僅短短三行的銘刻。

熊文慶撥開一叢蘆葦，探頭要將碑文看得更仔細些，「這個叫趙錫宇，雲南省鎮康人，是我們那兒的副官，負責辦伙食的，死十年了。」再往前走，熊文慶接續著說：「這個，他跛一條腿，是反共的一般兵；這邊這一個，性格很烈，活著的時候很愛發脾氣，也死十多年了。」

熊文慶逐一介紹，最後更是感嘆，「我們大都行動不便，也沒人為他們上香清墳；能記得他們的，恐怕也只剩下我們幾個，以後我們如果也走了，再沒有人可以講他們的故事了。」

雨後的風很清涼，夾著雨絲，猶如熊文慶的字字句句間，和著血與淚。

「能夠像他們如此善終的只有少數。」熊文慶解釋，有能力造這樣一口棺、一塊碑的，大多都是領有臺灣政府發給的「戰士授田憑據補償金」。

一九五一年，中華民國政府為獎勵反共抗俄戰士並維持其家屬生活，特頒行「反共抗俄戰士授田條例」，每位戰士授予每年出產淨燥稻穀兩千市斤面積的土地。

但隨著收復故土的夢想破滅，將授田改為補償金，分一至十個基數，發給新臺幣五萬至五十萬元不等。

「這樣一座墳要價三萬泰銖（約新臺幣兩萬九千元）！」熊文慶又指剛入口那些色彩鮮麗的墳，竟要兩倍價錢，「收到這筆補償金的人，第一件事就是去買棺材跟墓碑；沒領到的，或是在之間被騙走的，就只能靠著慈善團體給的一人四千泰銖辦後事。」

四千泰銖僅能買一口簡單的棺材，請個車將遺體送往墳山，頂多再請來法師超度，便所剩無幾了。

「我們都曾親自幫往生的人挖墳；棺木放下去，上面堆個土丘，再疊幾個石子，就算是墳了。」熊文慶說，那一方土的高度大約到胸口處，「幾年後，當棺木腐朽，上方的土堆順勢坍落；雨水一沖，就再也找不到墳的痕跡。」

「一群被遺忘的人。他們戰死，便與草木同朽；他們戰勝，仍是天地不容！」這是柏楊爲泰北孤軍所題的字，也是此時此刻，盤據在我腦海裏的字句。

站在墳山，心裏千迴百轉，卻怎麼也捨不得回安養中心問爺爺們：「一生戎馬，爲誰而戰？又爲誰而亡？」

回到安養中心，離開前曾見一處不起眼的木造建築，看似並不穩固，室內又一片漆黑。我趨前一探，黑忽忽的屋內放著幾口棺。

「那兩口棺是廉價的木頭棺，是我們所裏爲老人預備的，這些年來，誰要走都說不準。」熊文慶向我解釋。

我往角落覆蓋黑色絨布的那口棺望去，爲防黑布掉落，上頭還壓著一塊紅磚。熊文慶繼續說著：「這是趙興發的，他是我們所裏年紀最大的，已經九十四歲了。這口棺相較其他，可眞高級，已經買好幾年啦，自從他領到戰士授田補償金後，就買起來囉！」

熊文慶告訴我，趙興發同時也替自己買下一塊碑，上頭已刻好

安養中心入口處左方，有一不起眼的木造小屋，裏頭安置的是為老人們預備的幾口棺。

字，一樣是短短幾行簡單生平而已。

我問熊文慶：「老人們生前的遺言大多是什麼？」

熊文慶沈思一會兒回答：「沒有，大多數沒留下遺言，說走就走。我們這些人面對同袍死去，也沒什麼情緒，幫他們安好後事就算是仁至義盡。」

我往後幾步，仰頭凝望，上頭懸掛著一方木牌，寫著「福壽堂」。若有張梯子，我願克服懼高，爲那傾斜的牌子扶正……

向所長和爺爺們道別後，內心悲悲戚戚。回頭一看，攝影同事亦是一臉哀慟；他領有臺灣政府發給的榮民證，對於此情此景，想必內心更是感慨萬分。

車子轟隆地啓動，此刻我願時間能走慢點兒，即使是一分一刻，就怕爺爺們的生命就此消失在時光的長流中。

那晚，我再度拿起《異域》翻閱。習慣閱讀時夾著的書籤，不覺掉落，拾起後，不禁猛地攝住，書籤上寫著：「不公平的人，是誰？」那是出版社爲一本推理小說廣告的文案，卻被我不經意地夾進《異域》一書裏。如此巧妙地結合，卻又恰到好處。

不公平的人，是誰？是政府？是統領的將軍？還是爲了生活而投身軍戎的平民？戰爭無情，時局無奈，連個責難的對象都沒個準。

透過戰爭能將局勢改變，卻也衍生新的問題，這是任誰也意料不及與無法操縱的。

舞草低語

在泰北採訪這一個月，沐惠瑛是我們在當地的嚮導。她的身分特殊，是泰北孤軍第二代，父親在征戰時期位居司長，因此這群老兵對她來說，不僅是父親的部屬，更像家人。

沐惠瑛曾服務於中華救助總會，而後因為不捨這些伯伯叔叔過著苦日子，仍繼續走訪山區，付出關懷。

一次在路途中，沐惠瑛跟我提起，她時常帶米去探望的一位老兵。戰爭沒有奪走老人健全的四肢，也留給他耳聰目明，但他終其一身未婚，獨自安居在偏僻鄉間，住在三、五年就得重鋪茅草的草屋。

「一直到八十三歲，走路開始搖搖晃晃，我勸他住到熱水塘傷殘

安養中心的老人大多行動不便，然讓他們最難過的是心靈空盪。沐惠瑛等慈濟志工時常前來探訪，對她而言，這群老人不僅是父親的部屬，更是家人。

老兵安養中心，在那裏大家可以彼此照應。」

爺爺一聽，像拉著女兒般握著沐惠瑛的手說：「我不喜歡跟別人一起住，我在這裏很好。」

沐惠瑛苦勸：「在那裏有人可以幫你料理三餐、照顧你。」

此刻，爺爺才說出他的心裏話，「如果能存到三千元，搞不好明年我要走回去。」

「走回去哪裏？」沐惠瑛疑惑。

「雲南。」爺爺露出思鄉又堅定的笑容，「當初我就是走過來的，現在也能走回去。」

年輕軍者怎能預料，當初這一轉身，成了千山萬水的距離，家鄉會是一輩子的相思比夢長；年紀愈長，對出生成長的故土思念就更為濃烈。「後來爺爺有回去嗎？」

沐惠瑛靜默不語，我想我是明白的。

「你的父親呢？有回去過雲南嗎？」話鋒一轉，沐惠瑛不覺得唐

熱水塘傷殘老兵安養中心的查金旺爺爺，雖行動不便，但仍勤於勞作，將風乾的玉米撥下來後，作為飼料賣錢。

（攝影／林櫻琴）

突，反而笑了笑，「我父親往生的時候，大陸還沒有開放，就算開放了，我想他也不一定會回去。因爲國土早已變色。」

沐惠瑛說，他們的上一代不僅反共抗俄的情結沒有隨著時間而消退，對國民黨的忠貞也一直沒有變。

「一九八六年，臺灣政府因爲配合泰化政策，不再發給我們身分證，在這之前，只要想辦法飛回臺灣，就能拿到中華民國身分證。」沐惠瑛說，政策的變化，讓拿假護照來臺或是護照過期的孤軍後裔，變成進也不得、退也不是的邊緣人，只能偷偷打工，父母在泰國往生無法回去奔喪，孩子生病也無法享有臺灣的醫療福利……

在多位立法委員和社會人士的請命奔走下，政府法令仍遲遲不願鬆綁。一九九三年國慶日，約一百多名孤軍後裔齊聚臺北中正紀念堂，高唱由羅大佑作詞作曲的〈亞細亞的孤兒〉——

亞細亞的孤兒　在風中哭泣
黃色的臉孔有紅色的污泥
黑色的眼珠有白色的恐懼
西風在東方唱著悲傷的歌曲

亞細亞的孤兒　在風中哭泣
沒有人要和你玩平等的遊戲
每個人都想要你心愛的玩具
親愛的孩子你為何哭泣

多少人在追尋那解不開的問題
多少人在深夜裏無奈的嘆息
多少人的眼淚在無言中抹去
親愛的母親這是什麼道理

熱水塘傷殘老兵安養中心戰士紀念碑上，銘刻著一百九十七位曾居住於此的官兵姓名；如今院友不到十人，慈濟志工仍定期探訪。

「亞細亞的孤兒」一詞，原是臺灣作家吳濁流成名的長篇日文小說書名，成書於一九四五年日治時期，對當時臺灣人既不是日本人也不是中國人的身分認同上的矛盾與混亂，有著深刻地描繪。一九八三年，羅大佑以此名創作歌曲，並成爲電影《異域》的片尾曲。原曲以吉他與嗩吶緩緩感傷唱出，而國慶日那天，由曲中主角親身唱誦，更令聽者痛徹心扉。

之後，立法委員在議會中質詢僑務委員會官員，爲何讓這群孤軍後裔變成邊緣人？於是，時任僑務委員會委員長蔣孝嚴決定前往泰北，一探究竟。

「有位七十幾歲的老爺爺，身患重病，平常幾乎都沒力氣下床，一聽到蔣孝嚴要來泰北，情緒相當激動，說無論如何，在死之前也要見到蔣家的人。」沐惠瑛當時有幸參與這等大事。

一九九三年十二月，當蔣孝嚴步下泰國軍方支援的直升機座艙，鄰近村落能夠步行、翻山越嶺而來的孤軍及其後裔全都來了。七十幾歲的老人，在家人的攙扶下來到蔣孝嚴面前，拉著他的手，不斷地重複著說：「我終於見到蔣家的人了、我終於見到蔣家的人了……」

沐惠瑛話說至此，淚水早已淹沒了話語。

盼了四十四個年頭，這群忠貞「孤臣」終於見到當年所追隨的領導後代，第一個湧上心頭的情緒卻非怨懟，而是無以言表的感激之情。

提起第一代老兵的忠貞，熊文慶無限感嘆地說：「我父親是游擊隊員，當時軍隊規定要徵收門戶兵，意味每一戶人家都要有一個男孩出來當兵，所以我就這樣成為軍人。」

熊文慶笑著露出他的手臂，上面刺著深墨綠的「中心」二字。

「這是我自己刺的，本來是要刺『精忠報國』，那年我才十二歲，『精』字對我而言實在太難，便自作聰明改成『忠心』報國。」

我先用毛筆寫在手臂上，再用縫衣針將墨水刺染進皮膚裏，「勉強刺了兩個字，因爲太痛就此打住。」

「之後覺得手臂刺青的記號，容易被人辨識身分，所以又想把它弄掉。」熊文慶先用刀片將刺青刮得血肉模糊，再以電池內的汞倒在皮膚上，藉以腐蝕消融，「實在太痛，也就放棄了，便留下『中心』二字。」

我問熊文慶爲何當初會想刺這些字？「洗腦。」他坦率地回答，「其實我對祖國的濃烈情感，全是傳承自上一代，身旁都是那樣忠貞愛國的人，一定也會被影響。」

之後，我又認識孤軍二代張雲龍，他告訴我上一輩對國家的忠誠有多強烈。

「長大後我到臺灣念書，也申請到中華民國身分證，後來想留在臺灣找一份工作，沒想到兵單就來了。」張雲龍笑說，當時兵役課人員告訴他，只要有泰國國籍就可以免役。於是，他寫封信給泰北的父親，請父親爲他提出泰國國籍證明。

時值一九八五年，張雲龍十八歲。幾個星期後，父親的回信中卻不見泰國的身分證明書，僅短短幾行字：「當兵是國民應盡的義務，多去磨練個幾年，你在軍中學到的東西，是以後在社會上學不到的，好好幹！」

「當時可得服三年兵役，我這一代當然都不想去當兵，覺得很浪費時間。」回憶起父親對國家的忠貞，張雲龍又想起年少往事，「若不是我成績不夠好，父親還打算送我去讀軍校，好報效國家。即使臨終那一刻，父親的心都是向著中華民國。」

張雲龍的父親跟隨部隊撤離雲南後，近乎大半輩子都留守泰北，僅到臺灣旅遊過幾天而已。

還記得在安養中心的那日中午，多少心酸血淚的故事聽得我滿心惆悵。乘爺爺們在用餐，獨自來到安養院一角，就著樹下的石椅坐下來，仰望著結實纍纍的波羅蜜樹。

一陣拄著拐杖的規律聲傳來，一位爺爺朝著我走來，在我身邊安坐，幾次靠著他耳邊講話，他都聽不清楚，最後只好放棄。爺爺說：「我耳背得緊，別說了，就陪我這個老人家一起坐著吧。」我安分地靜下來，與爺爺一起享受微雨的舒爽。

不知經過多久，爺爺對我講起一段故事：「姑娘，你知道『舞草』嗎？」

我搖頭。

「舞草是一種會隨風舞動、富有感情的草，上頭附有精靈。」爺爺停頓了一下，待刺耳齊鳴的鳥兒飛過後，才說：「我們在撤退的過程中，總是在崇山峻嶺間行走，肯定踐踏不少舞草，所以才會被詛咒——終生漂泊異域，生不得返鄉，死亦不能歸根。」

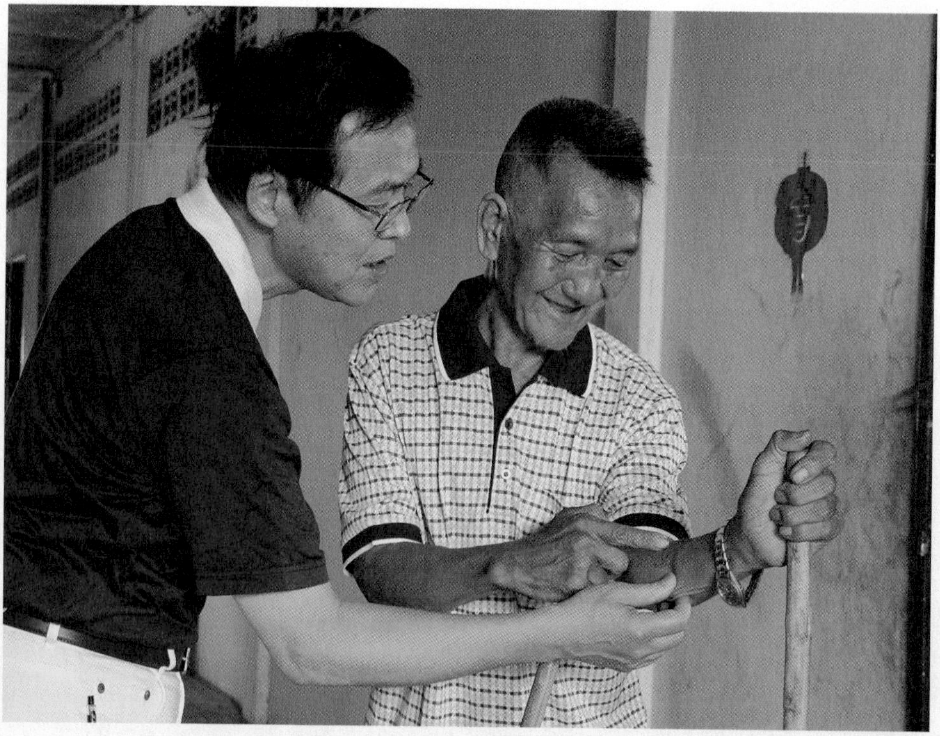

熱水塘傷殘老兵安養中心的老兵，指著手上的刺青，訴說對祖國的濃烈感情。

（攝影／林櫻琴）

隨著重嘆一聲，爺爺吃力地單手撐起拐杖，顫抖著手臂，仍堅持無須協助，一步一步慢慢地走回宿舍。

泰國的雨季並不清冷，但此時我卻立起滿身的疙瘩。

華人總是口不離因果報應。他們一生從戎報國，落得今日如此，卻不怨天、不怨地，不怨遺留他們在異鄉的國家政府，而將此生最大的遺憾歸咎在自己身上。

往後幾週的採訪，我不再問他們的怨與恨，因爲答案總是一樣。對於國家，他們只有「不二心」；就像刻寫在安養中心牆壁上，被雨水強風刮得模糊不清，依然堅持不肯褪去的紅漆字——忠。

每月送暖

一九九五年，慈濟接手中華救助總會在泰北的工作，展開扶困計畫，著手難民村重建、農業輔導，也接手照護傷殘老兵安養中心老人們的生活，至今不輟。

這群孤寂又年邁的老兵，如何熬過年年的春去秋來？陪同我一道探訪的慈濟志工林美彣很是明白。十幾年來，她隨著慈濟關懷團長期探訪，對每一個老人家的狀況，如數家珍。

「大爹，你怎麼沒穿義肢呢？」一進安養中心，林美彣就和老人熱絡地交談起來，握著手問候著。

一位爺爺不避諱地拆下義肢，讓我看看他斷了三根腳趾的樣貌。

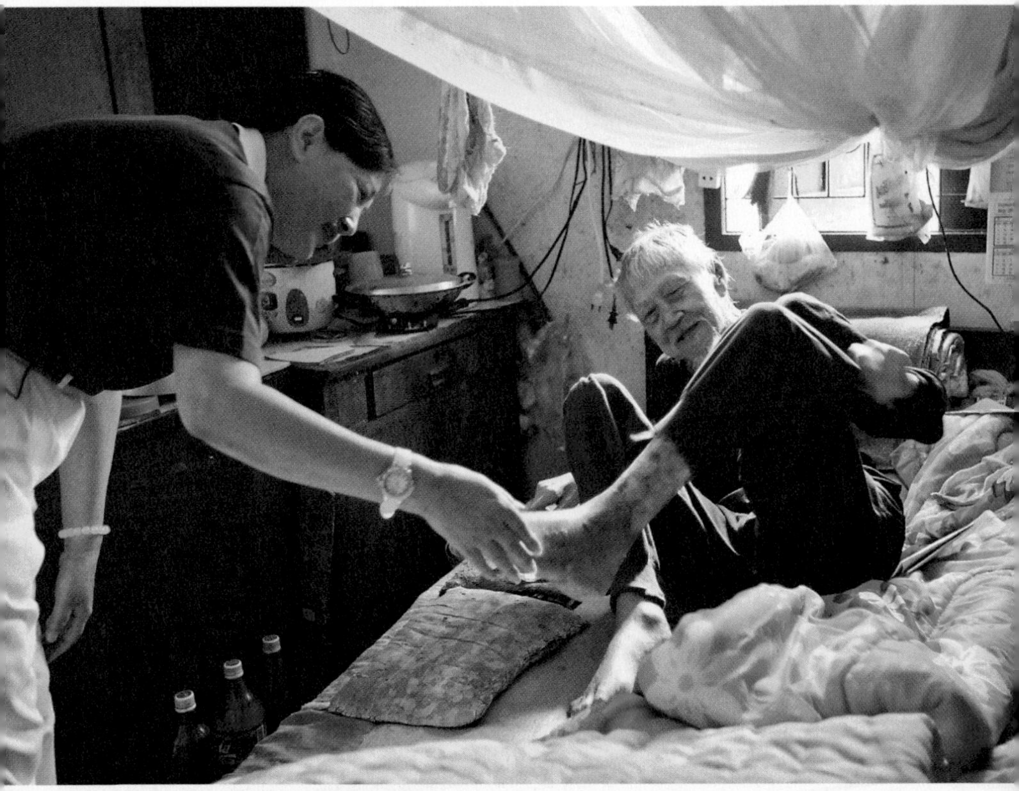

安養中心的老人多有殘疾，不僅行動不便，天冷或天熱時更是疼痛難忍。慈濟志工與趙興發爺爺已互動十幾年，親如一家人。

於是，我考問林美彣：「你知道他的義肢是何時裝的嗎？」林美彣笑著說：「十幾年啦，而且還裝過兩次。」

聽到有人把自己的事記在心裏，爺爺不由得笑開懷。我繼續問：「爺爺的腿是怎麼受傷的？」林美彣片刻不遲疑地說：「被地雷炸的。」

在老人們用餐時，林美彣告訴我第一次踏入安養中心的情形，眞教人酸鼻。

「當時老人家都集合在餐廳等著，慈濟志工一進去，只見每個人都坐得直挺挺的；致贈物資給他們時，只要聽到點名，個個都用中氣十足的聲音大喊：『有！』一整天下來，無論怎麼互動，他們都像機器人般，面無表情。」

解甲歸田已好些年的老人家，當時依然保持革命軍人的精神；直到今日，仍堅持部隊一日兩餐的飲食習慣。或許，對於遠離家人、一生投身軍旅的他們來說，軍隊早已成爲活下去的寄託。

林美彣因爲婚姻與家業，從臺灣移民至泰國曼谷多年，第一次與老人們見面後，她的眼眶紅了，淚水潸然流下，這也督促著她每月前往探訪，「即使一個月只有一次，我也得去見見他們、陪伴他們；我想讓他們知道，還有人在關心，他們不是被遺棄的人。」

一九九六年的農曆年，曼谷慈濟志工到泰北陪老人們過年。他們包水餃、煮了一大鍋滾爛的八寶甜湯，將安養中心妝點得紅通通，充滿著濃厚的中國年味，加上衆人溫情的陪伴，讓老人們僵硬已久的嘴角重新牽動。

自從《異域》一書出版後，不少慈善團體與援助紛紛進駐泰北，所長熊文慶認爲，援助對於困苦的老兵確實有其必要，但他們最渴望的，是一分溫情，「孤單，是我們這兒的人最大的遺憾；自從慈濟志工開始每月造訪後，老人逐漸有了笑容。」

聽到所長這麼說，林美彣虛心地表示：「前幾個月來，我們都很挫折，因爲老人總是面無表情。」

老人曾問慈濟志工：「你們會待到什麼時候？」一句深深的寄望與

堅毅的臉龐，形成強烈對比，卻也顯示背後孤獨無依的心情。慈濟志工沒有口頭承諾，但十七年來持續關懷，以實際行動證明。

走了一圈安養中心，我疑惑地問所長熊文慶：「這兒的老人生病怎麼辦？附近有診所可就醫嗎？」

「以前有醫官，跟他拿藥或打針。」熊文慶說，隨著歲月凋零，如今安養中心已無醫官，「我們會準備一些常備藥放著，有需要就拿來服用。」

林美彣記得頭幾年來照顧爺爺們時，遇到有人發高燒或腹瀉等問題，他們就得趕緊去藥局買藥。久了，老人家也養成習慣，生病總要忍到慈濟志工來訪。

「每次探望，他們總拉著我們說這裏痛、那裏疼的。」然而，志

清邁慈濟學校師生每月固定前往安養中心關懷，除了帶
來團康活動，也為老人家捶背和修整儀容。
（攝影／黃雅純）

工畢竟沒有醫護執照，病急亂投醫地買成藥服用不是辦法，林美彣曾告訴老人：「我們不是醫師，哪裏痛要去找醫師，不是師姊。」

嘴裏雖叨念著，志工也主動去了解老人不願上醫院的原因；除了路程遠，醫藥負擔是令他們不願就醫的主因。

接續中華救助總會的工作後，慈濟延續著負擔所內一切費用，包含每人每月五百泰銖零用金。然而，這些錢用來醫治感冒、腹瀉等小毛病還夠；倘若大病，就非他們所能負擔。何況一毛一角，都還要存下來為後事打算。

另外，斷手瘸腿的他們行動不便，又沒有交通工具，上診所或醫院都是麻煩，遑論還有語言不通的障礙。曾有個爺爺告訴我：「泰國字都是一些小圈圈，看不懂；我們沒有泰國人的舌頭，講不來。」

「還有個原因，就是這些老兵打仗時，長年以鴉片抑止傷口疼痛，怕上醫院會被檢查出來。」熊文慶告訴我，泰國對毒品查驗相當嚴格，「如果上醫院被檢驗出來，肯定會被抓去關，所以老人們都不敢去。」

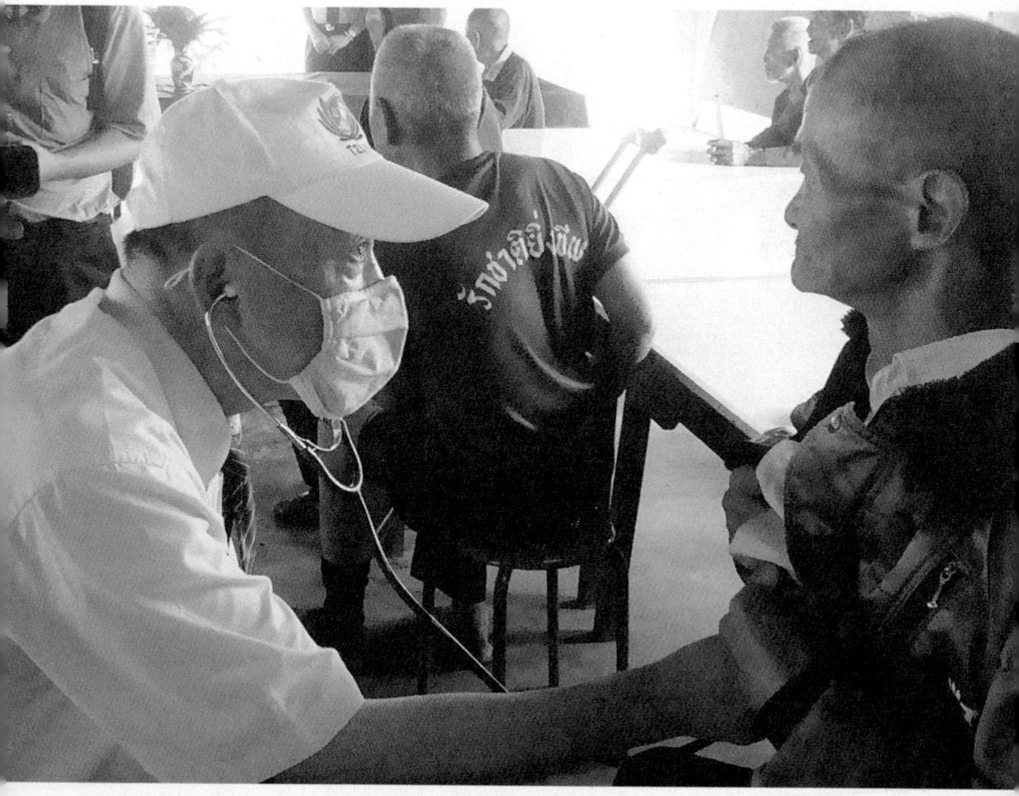

泰國慈濟人醫會配合安養中心關懷活動，照護老人們的身體健康。

（攝影／林裴菲）

沐惠瑛聽著，也憶起一段往事。「有位大爹實在病得很重，卻堅持要我們上藥房買藥回來就好。他高燒好幾天，吃不下也不飲水，身體愈來愈虛弱，我們強行要送他至縣城大醫院，爺爺竟老淚縱橫地懇求：『我在戰爭時傷著一條腿，痛苦難耐，一直靠吸食鴉片止痛。你們把我送去醫院，是提早送我去死呀……』」

考量種種，志工於是商請當地衛生所，配合慈濟每月前來關懷的時間，到安養中心爲老人量血壓與義診；之後，更奔走縣醫院，替每位老人家都辦了一張醫療卡，只要持卡前往就醫，醫療費全免，包含往返醫院的交通費，全由慈濟資助。

「有次用餐時，一位大爹抱怨他沒牙齒，不好咀嚼，我們就帶他去裝假牙。」林美彣說，當那位爺爺回到所裏，能大口吃著飯時，其他人無不投以欣羨的眼光。「於是我們請來牙科醫師，一股腦兒替有需要的老人造齒模、做假牙。」

寒冬裏，志工前來丈量老人的身形，發送夾克；針對多數殘手斷腿者，請來義肢中心為他們量身打造，方便行動……問林美彣，哪件事令她印象最深刻？思索了好一會兒，她笑答：「鞋子！」

有一次，她和沐惠瑛到安養中心，見爺爺們腳上的鞋大多破爛不堪，知道他們慣穿行軍鞋，便一個個為他們量好尺寸，特地跑到中緬邊境向中國商人購買了一百多雙。

兩個女人坐著公車，千里迢迢地從邊境將鞋子親手扛回安養中心，雖然過程波折，甚至被邊境警察盤查，但是當一雙雙鞋套上爺爺們的腳，尺寸絲毫無誤，「這樣就值得了！」

老人家因病入院，志工也會前往探望，並帶些營養補給品。沐惠瑛說，有位長者重病臨終前，拉著她的手，淚流不止地說：「我的壽衣、棺材都已打點妥當，最後一個心願無他，就是好好被安葬。」

老人家的身後事，慈濟也體恤地顧及，補助每人四千泰銖喪葬費用。四千泰銖不多，若再加上平日的積蓄，人生最後一程至少能走得有尊嚴。

踩地造村

（一）

離開熱水塘傷殘老兵安養中心後，我們沿著北邊的泰、緬、寮邊境，探訪崇山峻嶺間的村村寨寨。即使此地隸屬泰國境內，但經過十多個村落，聽的是雲南話，吃的是雲南菜，就連街道放眼所及，也都是熟悉的中國字。

與村落居民談話中，還能聽到不少關於華人的傳統與禁忌。譬如名爲「邊龍」的村莊，原名「丙弄」，譯自泰語發音。在連遭兩次祝融之災、一次殺戮之患，村民傷亡慘重後，時任中華救助總會團長龔承業與鄉親大老即決議爲村子更名。

因爲以命理來看，天干配五行，丙、丁屬火，故以火焚毀稱爲「付丙」；以風水觀之，村落的位置，從緬境主峰居高綿延而下，好似三個手指平緩並列伸展，四百多戶人家依山勢而建，中間一條緩坡較長，從遠處俯瞰，似個「火」字。

若從另一角度觀察地形，村右側設有蓄水池，與村中央最長的平緩坡頂端相距兩公里處，有個回海村；加上村落的民居建築走向，其構圖猶如三條巨龍翻騰飛舞向海，於是順勢改村名爲「邊龍」，亦符合「龍的傳人」落居泰北的現況。

救總泰北工作團團長龔承業在他所著作的《異域三千里——泰北廿載救助情》一書中提到：「說也奇怪，十餘年來即平安無事，且漸趨繁榮。」

居住在這些村落的華人，大都是一九四九年國共內戰後，自中國一路撤退到此，以雲南籍爲主的國軍及其家眷與後代。

泰北群山地勢險峻，謀生不易，少有人居；孤軍以戰略考量擇取難攻易守之地，落腳崇山峻嶺間。

有近百個華人村莊，自泰國北部邊境的清萊府、帕夭府（Phayao）、清邁府，一直延伸到西北的密豐頌府，以及中部邊境的達府、北碧府，綿延超過一千五百公里，錯落在瘴癘叢林間，面積約七萬平方公里，是臺灣的兩倍大，人口達七萬多人。

除了清邁府的熱水塘、萬養、賀肥以及達府的三民新村之外，大多位處貧瘠陡坡、水資源不足地區，對外交通不便，謀生相當不易。

擇地而居的道理並非不懂，然而這群人仍舊是住了下來，繁衍著他們的世世代代。「如果當年有得選擇，我們又何苦呢？」六十二歲的湯紹義，領著我們介紹他所居住的村落——昌龍村；他家就在入村不遠處，得費力爬上陡坡，而昌龍村已經是比較靠近平地的村子了。

「部隊一路撤退，深山地區擁有最佳的戰略地理，防守容易又隱蔽，因此我們就地落戶；之後取得合法居留權，一來泰國政府給的是山地，再者考量殘兵與婦孺，幾萬人要遷到哪？只有就地維生了。」

這群人，這些村落，及其艱苦的生活方式與特殊的政治背景，外人於是給了一個統稱——泰北難民村。

「一開始其實只有十三個村。」湯紹義表示，當年三、五兩軍協助泰方剿共，部分殘餘逃竄入深山，並不時侵擾村莊；於是，泰國政府在泰緬邊界集中劃分十三個自衛村，令三、五兩軍屯兵駐守，避免泰共勢力死灰復燃。

「這些自衛村分別是密窩、邊龍、景乃、猛臘、大谷地、唐窩、馬亢山、黃果園、美斯樂、回莫、猛安、密額以及帕黨，由泰國軍方管轄，並派有軍隊駐守，一村擬派二十人，負責管理醫療、情報以及出入通行。」湯紹義說，泰國最高統帥部向森林局、農業部及合作社租賃土地，交給三、五兩軍及其眷屬居住、耕種，每戶分配十五萊。

泰國人丈量土地面積的單位爲「萊」，一萊相當於一千六百平方公尺，約四百八十四坪。「依規定，村民僅有居住權與耕種權，只能自用，不得私自買賣，直至今日仍是如此。」湯紹義補充解釋。

十三個村起初只爲容納兩軍部隊與眷屬，隨著生活逐漸安定後，他們又將戰時留在緬甸或雲南的親友接來，加上從大陸、緬甸、寮國等地，逃亡而來依附孤軍的百姓，落腳人數愈來愈多，村落土地漸漸不敷使用。

「好的地都被人分走，我們只得出走另覓安家之處。」湯紹義當時和其他四個家庭一起離開部隊駐紮的邊龍村，沿著邊境尋找另一方樂土，「泰北山區住著許多少數民族，都是三三兩兩，較少群居；我們專找有人住的地方，代表那個地方適合生存。」

終於，他們在離芳縣十八公里處，找到目前所居住的山坡。雖然當地已住有兩、三戶少數民族，但無設置村名，「我們以領隊至此的李建昌、方玉龍兩位軍官，取名爲昌龍村。」

伐林墾地，讓湯紹義成爲昌龍村五戶創村者之一。按雲南人家鄉的說法，如此開疆闢土、規畫建村，稱之爲「踩地」；如今泰北近百個難民村，半數以上都是這群士兵以荷鋤代替荷槍踩出來的。

有別於在安養中心所見的孤獨傷殘老兵，湯紹義是幸運的，當時他還是一個剛滿三十四歲的壯年郎。

「還在打仗時，我就先娶妻生子了。」身材魁梧的他領著我們爬到村子頂，一路陡坡卻大氣也不喘，身體仍很硬朗，「很多士兵打仗時不敢娶妻，就怕上戰場後一去不回，妻小該何去何從？也怕一場仗打完，缺條胳臂少條腿的，讓家人連累受苦。」

他雙手插腰，結實手臂浮現肌肉，「但我的想法是，如果早點有孩子，又沒戰死，年紀未老時就可以享福了！」幸運的是，上天爲他的樂觀蓋下核可，他沒死，也沒殘，戰後還能與妻兒共享天倫之樂。

像湯紹義這樣幸運又有膽識的人並不少。然而，結束兵戎生活，脫掉軍裝，卸下盔甲，回歸寧靜的平民生活，對他們來說又是另一場硬仗。

（三）

初抵昌龍，湯紹義向拉祜族買下一塊二十萊的土地，總價兩百五十泰銖。「兩百五十泰銖如今聽起來是很便宜，但在當時可眞讓人受罪呢。」對剛從部隊退伍，幾乎身無分文的他來說，卻是一筆可觀的負擔。

由於沒有工具，湯紹義只能靠著雙手挖土整地蓋房子，砍來幾根不算粗的枝幹權充梁柱，再以黃泥混合草稈糊出四堵牆，就是一個家。「撐兩年就會塌，雨季還要盛接屋頂漏水呢。」

「開墾後，才發現根本種不出東西來。」湯紹義表示，泰北山區大多是石頭地，並無活流，引水非得下到峻谷間，以騾馬馱運，或靠人力肩扛；生活用水得十分節約，一盆水擦淨身體或洗菜後，還得餵食牲畜，點滴都不得浪費，遑論種植作物。

泰國氣候分明，只有寒季、熱季以及雨季，寒季與熱季乾燥少

湯紹義向拉祜族買下的石頭地，辛苦開墾、種植果樹後，如今已結實纍纍，讓一家人衣食無虞。

雨，雨季則多驟雨，不僅無法儲水，暴雨還時常把農作物壓垮。

「只能種些耐旱的雜糧，芋頭是主食，但都長得營養不良。」儘管令人唏噓，但湯紹義悠悠地說了句：「能填飽肚子，就已經要感謝上蒼了。」

難道不能下山購買生活物資嗎？他說：「一來沒錢，二來住在高山峻嶺間，都是沒開發過的地方，有些路段甚至陡峭到連馬兒都很難站穩。」

種植困難，又無法下山購買物資，大部分的退役軍人僅能靠著勞力做苦工，一天能賺三十泰銖就很不錯了。

再者，就是仰賴長年征戰練出來的膽識，替泰國工程公司工作，擔任護路隊。

泰國政府為了國防安全，自一九五〇年代起，在邊境修築公路，但時常受到泰共阻撓，車毀人亡不斷，一條路築了好多年，進度停滯不前。承建的工程公司頭痛之餘，便聘請這群曾協助泰國軍方剿共的退役國軍擔任護路。

「護路隊之外，我們也擔任來往泰緬商路上的馬幫護衛隊。」湯紹義說，山區交通不便，多靠騾馬運送物資，然山區盜匪劫掠頻繁，稍有武力又有膽識的退役軍人，便成爲商人最喜歡聘僱的對象。

護衛工作不是天天有，安定下來的湯紹義也不甘再冒危險；他將腦筋動到滿山遍谷的森林，「我們去林子砍木柴回來燒，做成火炭，一袋可以賣三十五泰銖！」

但是一天能有多少體力砍多少柴薪？「三十五泰銖一人吃一人飽也就罷，家中還有四張嘴。」湯紹義說，有時一日兩餐都難以爲繼，「但是對比昔日在軍中吃芭蕉心、喝著傷腸胃的芭蕉汁液，還算是好的。」

物質上的不足，他們尙能承受，如遇病痛或年老身殘呢？湯紹義的回答是如此認命，「在我們這裏，能生存下來就是天賜恩情，還能有奢求嗎？」

早期泰北難民村最感棘手的，就是普遍缺乏醫療。無論是婦女難產、孩子被熱水燙得皮開肉綻，或在工作中摔斷身骨，他們都只能靜靜休養、等待奇蹟來臨——胎位自動回正、皮肉結痂癒合、自癒能力讓骨頭再生接合……

倘若不幸，也只能接受母子共赴黃泉、傷口因感染而送命，或因延誤治療而面臨截肢的命運。

「大村子有軍醫還算好，像我們這些獨自出來墾荒的小村，生病時唯一的治療方式，就是依靠草藥。」病急亂投醫的情況下，枉送不少性命。看著我皺眉，湯紹義重重地拍了我的背，樂觀地說：「姑娘，並非每一次都那麼糟，如果幸運，就能撿回一條命。」

幸運，才得以活存下來；我想，人命如草芥就是如此吧！

（三）

在熱水塘傷殘老兵安養中心採訪時，所長熊文慶告訴我，安養中心至今仍維持一天兩餐的飲食，早上八點與下午三點各一餐，這是源自於部隊的生活習慣。

說話的同時，熊文慶將手裏的小捶子，猛力敲打掛在欄杆上、早已鏽跡斑斑的廢車胎鐵框；陣陣鏗鏘聲傳遍整個安養中心，提醒用餐時間到了。老人家拄著杖，步履蹣跚，三三兩兩走進餐廳。

熊文慶嘆了口氣道：「以往大家體能還行時，即使瘸腿斷手，早上還得做早操呢。現在不行囉！能走路就算不錯了。」

軍隊生活不僅在安養中心可見，每個難民村就如同一班班的小隊散落各山頭，與軍隊生活不同的只是沒有穿著軍裝罷了。

離開安養中心沒幾天，我們抵達美斯樂，這是所有難民村中發展最快的村落，也是當年第五軍的駐紮地，沐惠瑛就是在這裏成長的。

沐惠瑛的父親是雲南人，隨國軍撤退時在泰緬邊境認識擺夷族的妻子。婚後，他考量有天終會返回雲南，美斯樂並非久居之地，況且

馬亢山位於海拔一千多公尺山地，因交通不便，謀生不易；後經泰國政府實施山地計畫，輔導種植高山蔬菜等作物，如今蛻變為經濟自立的農村樣貌。

小游擊戰頻繁，因而未將妻子接來同住，讓她留在娘家、泰國最北的城鎮——美塞。因此，沐惠瑛得時常往返兩地。

沐惠瑛從小跟隨部隊一起生活，雖是個女孩，但耳濡目染下舉止卻像個小軍人。有一回，她到美塞探望母親，用餐時端起碗筷就走到角落，蹲著吃起飯來，「母親一看，就跑過來抱著我哭。」

出生於軍人家庭，父親官拜司長，沐惠瑛比起別的小孩受到更嚴格的教育，就連她的母親平日習慣穿沙龍，講擺夷族語，但如果父親在場，不僅要收起沙龍，還必須講漢語。

「有一次，弟弟伸長手臂夾菜，爸爸立即喝斥：『不吃一餐，你會死嗎？手伸得那麼長，成何體統！』」沐惠瑛說，以前只要父親喊一聲，無論他們正在做什麼，都得快跑到父親面前立正站好，「只差沒有行軍禮。」

「若做錯事，我就要拉張小板凳到他面前，聽他講一大堆道理，像在上軍訓課一樣。」沐惠瑛說，幸好她是女孩，只要聽訓一番即可，弟弟的境遇可就大不同，「他得跪下來舉水桶，而且不准哭。」

小孩的教育如此嚴格，何況大人。「對比現在大門要裝三道鎖，以往村子裏根本是不關門的。若偷了一顆雞蛋，就會被貼一張寫有雞蛋賊的牌子掛在身上，遊行整條街。」沐惠瑛的描述，令我感到不可思議。

「如果軍人逃跑呢？」

「槍斃。」

「私賣槍械？」

「關土洞。」沐惠瑛解釋，那是往地下挖個兩、三公尺深的一方小洞，僅容轉身空間，吃喝拉撒睡都在裏頭，蹲也不是，更別提晚上只能站著睡。

如果遇到下雨，還必須忍受泥水往頭頂淋，「被關個兩天準會發瘋！母親有時不捨那些受罰的人，有好吃的都會偷偷拿去土洞。」

軍紀之嚴，令人敬畏。就連排隊不守規矩都會遭罰，村莊左三圈、右三圈地繞著跑，直到長官滿意爲止！

「這樣嚴格的軍隊生活，何時才逐漸消退呢？」沐惠瑛思索了一下，「好久了，大概是從有泰國人住進村子後，才慢慢地解禁吧。」

有次，沐惠瑛的姪子問她：「二姑媽，爲什麼你不會騎車也不會開車？」她彎下腰，摸摸他的頭說：「因爲我會騎馬啊。」

雖然美斯樂如今是泰北著名的觀光勝地，到處商店林立，但早年也同其他難民村一樣，根本不適合人居。

沐惠瑛笑說，陡峭的山路，車子根本開不上去，只能仰賴馬匹，「記得六、七歲的時候，我跟父親要了一匹馬當生日禮物，當時好驕傲呢。」

往返美斯樂和美塞間，沐惠瑛家人都是以馬匹爲交通工具，「把兩個簍子掛在馬背上，以前馬幫就是這樣運貨的。弟弟坐一邊，我坐一邊，由於我比較輕，怕馬兒不平衡，懷裏還得抱一顆石頭。」

五、六個鐘頭的遠行，山路顛簸難行。當年十幾歲的沐惠瑛曾天眞地問父親：「爲什麼我們要跑到深山裏住？」騎在馬上的父親，英姿煥發地告訴她：「忍著，這裏只是暫居之所，有一天我們還是要回雲南的。」

當時選擇美斯樂，只因這裏地勢好，軍事上可攻可守，又有水源，沐惠瑛表示：「軍隊決定要在這裏落腳喘口氣，所以軍中生活不可忘、軍紀不能散。沒想到這一歇，就將近一甲子！」

美斯樂是泰北難民村中最繁榮的一處，市集喧囂熱鬧，生活相當便利。如今也發展觀光，吸引不少泰國人與華人前來體會不同的民族風情。

罌粟花開

（一）

泰國清萊府與清邁府海拔平均在九百到一千三百公尺，雨量少、日照長，土壤爲弱酸性，大部分的難民村都是石頭地，而落戶的部隊歷經長年征戰，補給所剩無幾，哪還有餘錢買得起肥料養地。這樣的地理環境，不是光靠努力就可以翻身的。

位於一千多公尺高的清萊府回賀村，由於地勢陡峭難行，一直是發展最緩慢的村莊。可是村民艾新伯卻笑瞇瞇地說：「天無絕人之路！或許是老天憐憫我們吧，所以給了機會。」

回賀村地處高海拔，多是石頭地，不利作物生長，因此聚落發展緩慢。早年孤軍為求溫飽在此大量種植罌粟，如今都栽種蔬菜與經濟作物，也改善了生活。

「這樣的土地，最適合一種作物生長。」艾新伯滿臉神祕地說：「罌粟。」

罌粟擁有色彩繽紛的美麗花朵，果實中的汁液是製造鴉片的原料。談起鴉片，就不得不提起張奇夫；一九三三年出生於緬甸撣邦，父親是漢人，母親是傣族人。爲爭取撣邦獨立建國，他一度成爲緬甸強大的反政府武裝勢力，其經濟來源就是將罌粟製成鴉片和海洛因販賣。

一九八九年金三角毒品貿易達到最高峰時，張奇夫控制了整個地區毒品貿易的百分之八十；美國還因此懸賞兩百萬美金，緝拿這位當時世界第一的毒梟。

在泰國，他以坤沙化名闖蕩，販毒重心一度遷到泰北的密豐頌府、清萊府與清邁府，一九八〇年代中後期，曾控制長達四百公里的泰緬邊境，轄內的毒品年產量最高達兩千五百噸。而這裏正是孤軍居留的所在。

山區作物難以種植，爲了求生存，孤軍不得不與罌粟沾上邊。「我們發現少數民族以小區塊的方式種植罌粟。」艾新伯說：「一開始我們都是乘快收成時，去幫忙跑跑腿，到各山頭收購原料，再運往緬甸，或從緬甸取得成品運到泰國。」

如此來往運輸，馬幫走的路即是艾新伯住家前面那條回賀村的主要幹道，「往下走是美斯樂，往上走就是緬甸。」

爲謀出路，他們也開始深入探討罌粟種植的氣候與地理條件，發現在那種不出稻穀的山頭，相當適合罌粟的繁殖。

「後來我乾脆就搬到這裏種罌粟。」艾新伯原住在美斯樂，當時回賀村還沒有華人，僅少數民族幾戶，來到這兒，一切都得重頭開始，搭草房、找水源，還得砍草墾荒，闢出一畝畝罌粟田。

有人說，罌粟是一種「懶作物」，意味無須太多照養。「罌粟地可以連續種植不必休耕，收成的種子可留待下次播種，對我們這些一窮二白的人來說，是再適合不過的作物了。」艾新伯表示，雖然罌粟與鴉片的買賣是非法行爲，但由於泰北山區叢林密布，道路又崎嶇閉塞，泰國政府根本鞭長莫及。

走訪泰北各村，遇到國軍一代或二代的年長者，許多人都有參與種植罌粟的經驗。住在明利村的李開明就表示，鴉片是他童年生活中很重要的一部分，「剛安頓下來那幾年，我們都是用袁大頭和鴉片作爲交易。」

袁大頭是由八成九的銀與一成一的銅所鑄成的銀元，上頭鑄有袁世凱的頭像，是當年孤軍撤退時所攜帶的主要錢幣。

「當時一個袁大頭可以換三塊錢泰銖。」李開明說，鴉片就沒有那麼絕對了，大多是商家自行定價，「以我們家當時賣米線來算，一錢鴉片可以換一碗米線。」

原來，李開明的母親見山上種植罌粟的人多，且收成季節都是從早忙到晚，於是想到以販賣米線給工人來貼補家計。她起早熬湯頭，米線煮好後約上午十點多，由家裏的一位長工大爹用扁擔挑著，與李開明一起走到山上販賣。

「我大概十、十一歲，側邊背著一個袋子，裏面放著秤，用來秤罌粟膏，還帶著一個奶粉罐，用來裝錢。」罌粟田裏，農人在花海中割罌粟果，等待黑色汁液流出，再以彎月型的小刀片刮起，這就是生鴉片，也是用來跟李開明換取一碗米線的「代幣」。

收回來的生鴉片，李開明把它捆成一包包，再到馬幫必經之地等待商人收購，四十兩約可賣六百泰銖。部分村落，若有人熟知鴉片製作，價錢就比生鴉片高多了。

種罌粟、製鴉片，部隊生活是否好轉呢？李開明斷然搖頭，「我們只能算是批發商，無法讓部隊過上更好的生活，頂多只是比以前多吃一口飯而已。」

金三角是泰國、緬甸與寮國邊境地區的一個三角形沙洲地帶，早年因毒品交易聞名，如今已成為知名觀光景點。

然而，約莫兩泰銖就可以買得到熬至可食的鴉片，取得容易，一旦沾染成癮，則往往不能自拔。

李開明還記得那位扛著米線陪他走過滿山遍谷的大爹，「吃飽飯後，他就會側躺在床邊抽著鴉片；當時我也是飽餐後就趕著去靠在床的另一邊，光聞就會上癮，你就知道鴉片有多厲害了。」

住在難民村的阿傑，同樣是國軍二代，鴉片也是他童年中很重要的記憶。他提醒我，別有先入爲主的觀念，鴉片雖然是毒品，但在醫學上卻屬天然麻醉抑制劑。

「我們來到泰北，連吃都吃不飽，一些手腳傷殘的，或是染上瘧疾的，痛不欲生時，能拿到的藥就只有鴉片。」阿傑聳聳肩說，部分村落沒有醫官可以按藥配量，病人任意服用的情況下，就是染上毒癮一途。

跟阿傑熟了，我才敢問：「你呢？有抽過嗎？」

他露出厭惡表情說：「不，我不碰毒品的。」阿傑曾到臺灣念書，「同房的學長吸毒被我知道，我把他打到寢室外面去，三、五個人拉我都拉不住。」

阿傑對毒品的怨恨不是沒來由，因爲他的爸媽都是鴉片受害者。

「鴉片有兩種食用方法，一種是吸食，一種是直接呑。」阿傑以手指輕敲菸盒，敲出一根菸，但沒點上，只是在手指頭打轉，「上癮者也有兩種死法，用抽的是肺衰竭，用吃的就是胃穿孔大量出血。」

「你父母後來有戒成功嗎？」

「我爸媽是很有毅力的人，終究是戒了。」阿傑笑容像早晨的濃霧，逐漸模糊，最後消失在話語中，「上天堂之後就戒了。」阿傑的父親因胃穿孔而亡，母親則死於肺衰竭。

一直到我們分開之前，阿傑始終沒將手中的那一根菸點燃，或許是因爲他體恤不讓我們吸二手菸，也或許是這個話題太沈重。

（二）

談起鴉片，最爲國際所知的是金三角。金三角是由奔騰南流的湄公河以及東去的夜賽河，在緬甸、寮國與泰國的國界處沖積出一片三角形的沙洲，這一塊沙洲是三國的邊界緩衝區，誰來管都不對，成爲名符其實的三不管地帶。

「當時商人就用船把鴉片運輸到這塊三角洲交易。」帶我們來訪的沐惠瑛進一步解釋，金三角其實還有一個有趣的由來，「三角指的是緬泰寮三個國家，金是指當時毒品販賣是直接拿黃金交易。」

車子駛離三角沙洲，不過五分鐘的車程，便抵達鴉片博物文史館（Hall of Opium）。

該館由泰國皇太后基金會主導興建，於一九九〇年成立，目的是要讓世人了解鴉片之於藥與毒之間的關係，行教育成效。主建築三層樓，就設立在一座山裏頭。入口處是一條長約一百三十公尺的隧道，牆上是由泰國藝術家創作的浮雕，人物表情扭曲、骨瘦如柴，呈現吸毒人內心的恐懼和黑暗。

罌粟種植的歷史，可追溯至幾千年前的希臘城邦，然金三角僅發展六十多年，就成爲世界最大的毒品種植中心；鴉片對人民的危害，讓泰國政府難以忍受，想盡各種辦法殲滅毒品，效果卻不彰。

皇室實地訪查後，發現當地少數民族生活貧窮，不知毒品的危害，只知種植罌粟以求溫飽，便替他們找土地和水源，教他們種植蔬菜與經濟作物。

一九六九年，泰國政府發起「泰北山地農業計畫」，協助農民戒毒、進行山林資源保育和農業轉作計畫；聯合國控制濫用毒品基金會甚至撥出專款協助，臺灣也派出農業專家前往輔導。

一九八八年，泰國皇室撥專款在泰北發展「雷東（Doi Tune）計畫」，由皇太后基金會主持，爲期長達三十年，復育因種植罌粟所破壞的山林，並引進經濟作物取代罌粟種植，以消滅毒品加工與貿易，徹底改善當地生活。

「年近九十的皇太后，爲了解決罌粟問題，甚至在附近買了一棟房子，時常到這兒來看看進展情況。」沐惠瑛表示，詩納卡琳（Srinagarindra）普受人民敬愛，源自於她長期關注社會，並投入公益活動。

「詩納卡琳甚至還成立皇家農場，聘請那些種罌粟的農民到農場工作。」沐惠瑛尊崇皇太后的口吻，讓人對這位老人家不由地肅然起敬，「至今，罌粟花田消失殆盡，讓泰國成為一個成功掃毒的國家。」

還記得阿傑曾說，目前泰國確實已毫無罌粟蹤跡，然時至今日，每到收成季節前後，泰國軍機還是會穿梭在泰北山頭間，搜查罌粟的身影。

泰國成為「無毒國家」的信念，確實執行得非常徹底。對毒品禁止之嚴格，甚至擴及到菸。

二〇〇五年九月，泰國政府頒布一條重要法令，規定所有商店，大至超市，小至路邊攤販，皆不得明售香菸，無論菸捲、雪茄或是水

泰國皇室規畫「皇家農場」，聘請原種植罌粟的農民照
養美麗花草，發展觀光。

菸。若是要賣，也只能「後臺銷售」，店家不得不撤掉香菸販售臺，取而代之的是一張薄紙告示，上頭告訴菸友們：「本店販售菸類，請洽售貨人員。」

二〇〇五至二〇〇六年，短短兩年間，政府三次加大菸草稅收，使得菸草價格不斷上漲，一包菸翻漲三倍，見怪不怪。

二〇〇六年初，政府進一步啓動「嚴格禁菸令」，規定所有公務員不得在政府單位內吸菸，連訪客也必須遵守。違者將被處以兩千泰銖罰鍰，吸菸者所在區域的主管單位也要連帶被處罰兩萬泰銖。

二〇〇七年，泰國政府調查，這些政策相繼施行以來，已有近三成的吸菸民眾成功戒菸，還有三成正在努力戒菸中。

溫和的國家難得執行如此鐵腕政策，如今金三角恢復平靜，成爲國際掃毒的楷模典範。然反思孤軍境遇，無法種植罌粟，他們又將何以維生？

落地生根

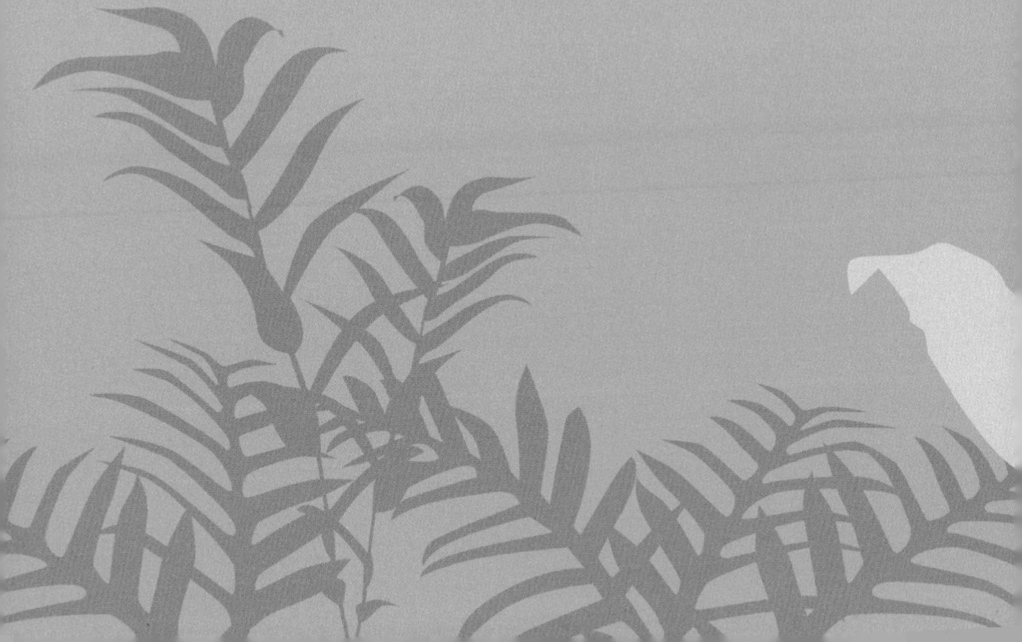

救總伸援

難民村的經濟從來沒有從青黃不接中找到新的色彩，一直到一九八二年，一群意外的訪客走進泰北……

湯紹義還記得那一天天氣晴朗，陽光不炙人，他在家門外打盹，突見一列車隊行經村莊，車內的人還下車察看；此人一看就是名軍官，身形挺拔，方頭大耳。

湯紹義問：「你們是誰呀？」

「你會講中文，是哪兒人？」對方驚訝，因爲根據他們的手邊資料，這個小村落應該只有少數民族居住才是。

「中文怎麼不會講，我是道地的中國人，還是中華民國部隊的

救總在泰北援助工作於一九九五年交棒慈濟，然愛心不斷，龔承業（右一）等工作團團員仍留下協助慈濟。慈濟基金會執行長王端正（右二）多次往返泰北難民村，與救總商討合作事宜。

（照片 / 慈濟花蓮本會提供）

兵！」深談後，湯紹義才知道對方的身分，「他是龔承業團長，代表救總來我們這兒的。」

一九八二年，中華救助總會成立泰北難民村工作團，由龔承業擔任團長，在泰北深耕援助長達二十三年，當地人習慣簡稱「救總」。龔承業已於二〇〇八年病逝臺北，但另一位工作團團員石炳銘，對於過往一切，仍記憶猶新。

「自泰北有難民村開始，救總就一直陸續在幫忙，最初是每家每戶發一點錢，沒有任何計畫，都是零零碎碎、斷斷續續地做。」八十六歲的石炳銘，爲了讓我更了解救總的工作內容，先替我上了一堂「救總歷史課」。

國民政府於一九四九年撤退臺灣，與中國大陸形成兩岸壁壘分明的情勢，當時臺灣人普遍稱對岸人民爲「身處水深火熱中的大陸災胞」；翌年四月，全國各界的愛心人士聚集在臺灣省參議會二樓禮堂，成立中國大陸災胞救濟總會，展開長期艱鉅而重大的救濟任務，援助大陸、臺澎金馬地區以及流亡全球的難胞，至二〇〇〇年才更名爲中華救助總會。

「一九五四年，蔣中正接到異域孤軍的陳情，批示僑委會和外交部辦理，之後考量國際情勢，才委任給救總這個民間團體去協助。」石炳銘無奈地說，當時情勢千變萬化，等待救援的人相當多，中南半島、香港以及越南等地的難民同樣令人心疼，再加上泰北地區軍事行動渾沌，造成聯繫與救助工作困難，於是有十五年的時間，都是斷斷續續地馳援。

這樣的狀態，一直持續到一九八〇年五軍軍長段希文往生，才出現轉圜。

段希文因心臟病發猝逝於曼谷，身爲五軍後代的沐惠瑛談起敬愛的大家長病逝，直說那是所有人的大事，「當時需要有人將段將軍的遺體送回美斯樂，我們在曼谷的難民村後代，上課上班的全請假，護送段將軍回去。」

不僅難民村的人隆重送別，知悉噩耗，泰國國王親發悼念信，而與段希文一起打過考科山、考牙山與帕蒙山等戰役的江薩．差瑪南上將，更以泰國總理的身分，親臨醫院送別。幾天後，覆蓋著泰國國旗的靈柩，由泰國高級將領護送，轉機清邁，返回美斯樂。

公祭整整延續十五天，各村各寨的孤軍攜帶家眷前來悼念，陵寢由同鄉與部屬合力捐獻。告別式上，泰國軍方上將雲集，最高統帥部部長也拿出自己珍藏的菸斗和幾本書放進棺內，以表深重友誼。

「當時救總也有派人去，看到泰國對段軍長的重視，身為中國人，實在好慚愧。」石炳銘一行人返臺後，認為對泰北難胞的援助，必須要付出更多心力。一九八二年，救總在泰北難民村的工作團因此成立。

然泰北情勢並不單純，領團者若非軍人出身，可能很難擔此重任，救總因此向國防部借調人手。根據龔承業後來自述，當時國防部高級長官召見他時，他還一頭霧水，不曉得發生什麼事了。

辦公室內，長官問：「你任上校已經幾年了？」

「八年。」

「救總理事長谷正綱先生向國防部要人，指定你負責帶人到泰北去，爲救助難胞服務。我們已經同意，也慎重考慮過，因你現任師主任將任滿，又接受過軍事高等教育、國防大學戰爭學院畢業，學經歷都完整，年紀還輕，也是滇籍幹部，基於人地緣及學能考量，選你去負責最適合。」

長官又說：「身爲政戰幹部，當國家需要你到那裏去時，就要到那裏去，你的工作對國家負責，前途事業長官會對你負責，把家眷安頓好，可以安心地去。但要小心注意，不要上敵人的當！」

一句滇籍幹部提醒龔承業自己是個雲南人，父親還是個雲南土司，怎能對泰北難胞不聞問？一句你的工作對國家負責，提醒他軍人必須得服從國家指示才是忠心，龔承業沒有選擇，但也沒想到這麼一去，就是二十三年。

泰北難民村工作團成員包含醫療、教育、農牧與手工藝四個小組，欲全面性地解決並改善難民村的現況。「近百個難民村沒有一個醫師！」石炳銘印象深刻，當隨著工作團前往泰北的醫師們，爲難民村村民做診斷時，第一個反應就是說：「他們營養太差，幾乎人人都害了胃病。」

這不難想像。在安養中心時，李朝相就曾提過，以芭蕉心爲食，以芭蕉汁液解渴，「好澀呀，但爲了活下去還是要吞，結果人人都給逼出胃病來，抱著痛苦難耐的胃，還是要上戰場。」之後，他們多是食用野菜與粗糧，以致個個面黃肌瘦。醫師只得建議救總多發給他們大米與食糧，以補充營養。

有醫療人員、有食物，小病小痛還可以，重大病患就得送到大醫院去；但當時的路實在可怕，龔承業在自述中曾經寫到，有一次他要帶農業專家前往密額村，由景仙縣城沿著湄公河南行，車子蜿蜒在狹小的土路上，而後得穿越山谷，當時要穿越山谷得渡過一條河，河面上的橋是用一棵大樹劈成兩半，像一雙筷子橫搭在溪溝上，中間懸空。

「兩邊車輪一定要對準木橋，握緊方向盤，一口氣直駛通過，如慌張稍有閃失，任何一輪下滑失落，就可能車毀人亡。」龔承業表示，這樣的驚險甚至得經歷九次，才得以抵達目的地。

如此克難的環境，醫療如何發揮？現任救總理事長張正中告訴我，當年的醫療團隊實在了不起。像原在榮總服務的胡聰仁醫師，曾因無交通工具，將奄奄一息的重症病患背起來，步行兩個多小時

才抵達有公路可以通車的地方，輾轉將病人送往醫院；還有一次，身患肺結核的病人已命在旦夕，連咳嗽的力氣都沒有，胡聰仁在毫無設備支援下，以口對口的方式將病人喉中的濃痰吸出來，「最後病人得救了，胡醫師也受到感染，還好療養半年後就痊癒了。」

我問張正中，泰北難民村的範圍約臺灣面積的三點五倍，而且九成九以上都需要援助，救總當時難道不擔心嗎？

「我們只想一心做好，而且我們有不容遲疑的目標，就是幫助難民村居民。」張正中的回答令我玩味，不禁想到村民曾對我說：「救總在泰北所做的一切，對我們來說，代表的就是臺灣，就是中華民國。」

山區克難，如要越過河川溪流，居民只能就地取材，砍下樹幹或竹子，搭起勉強通行的簡易橋梁。

（照片／慈濟花蓮本會提供）

農業輔導

救總一到難民村，先了解各村環境並發放米糧，但糧食總有吃完的一天，該如何徹底解決貧窮，推展農業是首要之途。

然泰北的困惡條件該如何克服呢？這個問題由村民朱成亮來回答最適合。朱成亮是當年救總抵達泰北不久，即加入工作團的農技助理員，主要負責農業輔導。

臺灣農業專家首先觀察評估，結果個個搖頭，「石頭地不肥沃，且日照太強，水還未引流到田裏就先被陽光蒸發，下的雨都是暴雨，而且陡峭的地形不容易集雨。」說到種種難處，朱成亮不禁端起茶潤潤口。

朱成亮指導村民學員選擇茶葉扦插枝的要領，以及剪取茶樹枝的方法。

（照片／慈濟花蓮本會提供）

「農業專家評估好一陣子，才認為種植果樹和高山蔬菜應是可行。」朱成亮說，起初果菜苗都由臺灣空運，泰國最高統帥部陸軍到曼谷機場領貨，連夜用卡車運送到泰國北部，成本高得嚇人；於是，救總決定在泰北試辦農場，一來提供村民工作機會，二來培植果苗，免費分送各家各戶。

「就在此時，我誤打誤撞地進入救總服務。」朱成亮個頭不高，皮膚黝黑，一張臉最鮮明處就是笑起來時所牽動的魚尾紋，密密麻麻地散布眼睛周圍，猶如太陽四射的光芒。

朱成亮隸屬於三軍部隊，當年救總決定開發農場，軍長李文煥指派朱成亮的小部隊，去農場預定地除草墾荒。

朱成亮一早起床，帶著一包米飯，領著幾名弟兄到預定地工作。中午太陽正烈，大夥兒在樹下休息，一片寂靜中傳來遠方的馬蹄聲……龔承業來了，他環顧四周，一下馬即問眼前的朱成亮：「這是要做農場的地方嗎？」

學員實作簡易茶葉育苗床——將床土壓緊、壓平，以防積水而影響成活率；並學習利用無性繁殖的「扦插法」繁衍茶苗，以及其他果種的不同扦插法。

（照片／慈濟花蓮本會提供）

朱成亮心想：「我哪知道，部隊要我們砍草就砍啦！」一時之間不知如何作答。

龔承業見他不語，於是又問：「旱季的水如何？」

朱成亮這才放鬆，挺起胸膛，如實報告，「旱季的時候，水流不太過來。」

「水源在哪？」

「在山谷裏，除非用管子才能接過來，不過旱季太陽烈，能流過來的水非常微弱，大多半途就蒸發了。」

龔承業認爲這塊地並不寬廣，於是徵詢李文煥：「可有寬闊一點的地？」

李文煥想了想，推薦不遠處的馬亢山村。

馬亢山的環境與條件是這幾座山頭裏較佳的，也是泰國山地計畫三十二個皇家農場的其中一處，不僅最早成立，規模也最大。

龔承業到當地一看，便決定在那兒設立救總的示範農場。

農場需要經營，還得闢地砍草，當時任副連長的朱成亮，因此被借調到農場擔任副場長。「我帶著十二個弟兄，一把長槍、十二支步槍跟一座砲，從唐窩村帶著小背包，裝一些備糧，走七個小時到馬亢山，開始我們的農業生活。」

爲何要帶槍？朱成亮解釋，當時金三角因毒品問題常有恐怖攻擊，「我們場長才上任兩年，就被恐怖分子打死，才升我當場長。」

或許是要撇開膽戰心驚的記憶，也或許是習慣戰爭所帶來的生離死別，朱成亮並沒有特別感傷，反而笑瞇瞇地繼續說，救總給的薪水很闊綽，「部隊一個月才五十元，連長加給兩百，總共才兩百五十，但救總一下子就給八百。」

看他說得開心，我不禁疑惑問：「你懂務農嗎？」

「一竅不通！」朱成亮將這四個字說得響亮，「我們從早上八點開始在農場工作到下午五點，洗個澡吃個飯，臺灣的農業專家就爲我們上課。」

救總輔導的馬亢山果樹經營模範戶王志明，帶領學員參觀他栽培管理果園的方式與經驗交流。

（照片／慈濟花蓮本會提供）

山區沒有電力，農業專家就著煤油燈與蠟燭的小光，站在小黑板前教課，朱成亮等人埋首認眞抄筆記，記錄下技術員與輔導員所教授的農業知識。

馬亢山之外，救總還選擇了十一處成立農牧場，以便能幫助所有的難民村。

農業專家依海拔作區分，海拔八百至一千公尺以上，輔導種植溫帶落葉果樹，如桃、李與梅樹；海拔較低處，則適合栽種龍眼、荔枝與芒果。

然而，放下槍桿、提起鋤頭，對他們來說並不容易。「尤其果樹非馬上就能收成，要等上兩、三年，所以一開始大家並不願意，寧願去跑馬幫，賺現成的錢。」朱成亮與農業專家爲此苦惱許久，決議先發給菜苗，教導短期作物，「只有少數人願意好好地照顧果苗。」

三年很快過去，當年投入體力、心力的果農有了收成，且只要用心照料，往後幾十年都將有收成。當初拒絕務農的村民一看，也心生嚮往了。

種植的人一多，朱成亮等人的工作量也就加倍地往肩頭擔。習得農技後，他們將農場培育工作交給生手，跟隨農業專家走遍各村寨，舉辦農業講習，教導原本只懂得槍械彈藥的軍人，如何施肥、驅蟲與剪枝。

他們在村子裏住下來，白天替村民上課，午後走訪各家果園，察看作物生長狀況、給予建議，夜裏還得繼續自修。

「後來，我們發現原先的品種不好，收成不豐，臺灣專家於是建議接枝改良。」朱成亮頭頭是道地解釋，果樹若要改良必須經過無性繁殖，因爲有性繁殖會變種，接枝的過程必須先截掉大半母樹的高度，再纏上新品種的枝節，靜待發展結出果實，大概需要兩、三年。

朱成亮去宣導接枝改良，每個農民都護惜著等候三年才終於收成生財的果樹，個個搖頭拒絕說：「鋸掉，我就沒得收成了！不准！」「接枝？如果把果樹弄死怎麼辦？」

還好朱成亮長年在難民村奔走，開朗的個性讓他累積不少人脈，結交到不少知心好友。「有一個姓李的村民，如今已往生了，他就很挺我。」

朱成亮乘著空檔到李先生家，一坐下不多說客套話，開口便說：「老李，你信不信任我？」

「我當然信任你。」

「那好，我就拿你的果樹去開刀！」

看著朱成亮正中下懷的笑容，重情重義的老李毫不反悔，拍著腿粗聲粗氣地說：「好！你去！」

老李有兩百株桃樹，這種原生桃樹大多只能拿到工廠加工，沒什麼經濟價值，價錢好時一公斤可賣十幾泰銖，但經常是一公斤三、

農業輔導的開展，讓泰北難民村居民走向自給自足的安定生活。

（照片／慈濟花蓮本會提供）

五塊錢賠本叫賣，「我幫他接紅肉李，結果就賺了，一公斤價格高到二十幾泰銖。」

第三年，當朱成亮抵達該村，大夥兒就像蝴蝶看到花，將他圍得相當密牢，「來幫我弄吧。」「不，先來我的果園。」「先來我家，我已經備好茶水了。」

「來爭、來搶了。」朱成亮說著也不禁露出驕傲神色，「我不能幫每個人都處理完善，只能協助一點點，其他的必須親自來學習。」

農業輔導的成效如何？朱成亮放鬆地往椅背靠，「泰北難民村的苦日子說不盡，以往都是靠救濟，或是賣命，真正邁入安定又自立自強的生活，就是從農業輔導開始。」

軍軍相惜

石炳銘曾經提起一段小插曲——

第一年，他帶著臺南農會、永康農會及板橋農會的專家到泰北勘查，個個都搖頭說：「為何這麼窮？我們臺灣對不起他們、政府對不起他們。」

一天，他們抵達高海拔的帕黨村，夜晚的山上氣溫偏低，大夥兒都被凍得睡不著覺，早早就出房門做伸展運動；不久，這幾位農業專家全都跑來找石炳銘，「石科長、石科長，這裏死了人，在辦白事，好多人穿著白衣戴孝。」

石炳銘心想：「辦喪是大事，沒理由我會不知道。」往他們指的方向仔細一看，不禁笑出聲來，「那不是戴孝，是白色的飼料袋。」因爲天太冷，塑膠製的飼料袋可防風寒，一大早就到田裏工作必須套上飼料袋，才足以保持一絲暖和。

石炳銘的這段小插曲，讓人得以想見當時難民村的窮困。

農業輔導持續進行，救總普查國軍部隊及華人的落腳村落，造冊進行援助計畫，大至美斯樂村、唐窩村這樣的軍隊總部，小至湯紹義那僅有五戶的昌龍村，都接受過救總的援助。不僅發給果苗，每戶還送兩頭小豬豢養。

村民經濟普遍好轉，食糧豐富讓人氣色紅潤健康，但是每回走近他們的住所，清一色是茅草搭建，屋外是黃泥巴地。進到屋裏，依然放著竹編的飯桌，右邊是竹子搭起的簡易床架，上面睡人，下頭養雞；左邊是灶臺，上頭擺著一個燒得焦黑的小鍋……

有一回，龔承業到茶房村考察，突然一陣轟隆巨響，烈日當空倏地降下大雨，一行人匆忙躲入最近的民舍。

房子裏，一個不過五歲大的小女孩，背著小嬰兒，父母都外出工作。雖在屋內避雨，但龔承業一行人仍淋得溼透，因爲雨水從屋頂滴滴答答不斷流下，還能望著一角天。龔承業環顧四周，除了四枝竹竿撐起一堆茅草，唯一的裝飾物就是蔣中正肖像，被慎重掛在沒有漏雨的一角牆上。

救總於是發起「茅房變瓦房」計畫，行文臺灣募款，一戶五萬元，很快就募到三千多戶。雖然時隔二十多年，但我們一路上還能見到救總當年援建的房子，那清一色的紅瓦屋頂，經過多年的風吹雨淋，已成暗紅色。但對比當年破舊的茅草屋，肯定是堅固又漂亮啊！

「自一九八二年起，每一次龔團長說要去泰北，行程第一站必去曼谷兩個地方，一個是臺灣代表處，一個是泰國統帥部。」救總理事

救總發起「茅房變瓦房」計畫，清一色的紅瓦屋頂，以堅牢的磚頭搭建，對比當年破舊的茅草屋，居民終於能不畏寒冬大雨。

（照片／慈濟花蓮本會提供）

長張正中說，龔承業出身軍人，泰語又不成問題，很快便與泰方統帥部的將領搭起友好關係，「再加上大筆援助經費，雖說幫的是華人，但建設地點在泰國國土上，泰方何樂而不為？」

即便一九七五年臺泰斷交，政治因素也不影響雙方的合作關係。龔承業與泰國軍方的緊密程度，張正中舉一個模範典例，即泰北義民文史館。

當年，臺灣兩黨政治逐漸成型，救總在泰北的經費頓失來源；工作團結束任務前，龔承業希望能為戰死和逐漸凋零的孤軍建一座忠烈祠。他的想法一提出，馬上獲得泰國最高統帥部的支持，「營建經費你們想辦法，土地部分我們來處理。」龔承業在臺灣與泰北地區募款，隨著一千一百三十三萬泰銖的募款款項達成，最高統帥部的核准令也順利下達，提供美斯樂村一方約六萊的土地給救總建設。

二〇〇四年元月泰北義民文史館竣工，「主持啓用典禮的是泰國最高統帥部的最高將領，如同臺灣的參謀總長或國防部長，還有兩架直升機載送上將級長官，前來祝賀落成。」

張正中說，當天晚上救總與最高統帥部餐敘，一位參謀上校說：

「今天統帥部百分之九十五的軍力都來了。」

「還有百分之五呢？」張正中問。

「都到以色列去鎮暴了。」話語雖是玩笑成分居高，但可見泰國軍方和異域孤軍、救總之間的密切關係。

張正中還記得他第一次到泰北，正巧遇到中國駐清邁的總理事到來，泰皇前往接待外國使節，所有直升機都被徵用，「泰國軍方仍提供我們兩架直升機，以利前往泰北山區考察，可見我們彼此的友好關係。」有泰國軍方的協助，在情勢緊張的金三角地帶進行援助作業，也等於有了安全保障；爲村民申請引水、架電等工程，相對容易通過。這一切讓救總在泰北的援助計畫，得以邁步往前。

「如果沒有救總，我們現在就不是這個樣子，至少發展會晚二十年。」朱成亮肯定救總對泰北難民村的意義重大，各項重點建設讓難民從蹣跚中站起。

回臺灣後，我將此話轉述給張正中聽，他坦言若僅靠救總的力量，是做不了那麼多事，「這也是龔團長厲害的地方，他和泰國軍方的關係非常好，才讓我們行事如此順暢。」

龔承業曾說：「想不到原只同意從國防部被借調到救總一年，可就像棋盤中的過河小卒，再也回不了頭，似乎冥冥中有隻巨大看不見的手，在主宰推動著且身不由己，從此也就成爲影響我一生命運的最大關鍵。」然而，龔承業與救總的工作團，何嘗不也是影響泰北孤軍命運的重要關鍵呢？朱成亮眼中泛起淚光，點頭肯定道：「龔團長在我心目中是英雄，要不是他，我們沒有今天。」

一年多前，朱成亮來臺參加救總六十周年慶，當時行程匆促，但朱成亮希望能夠安排到龔承業的墓地一趟。來到臺北五指山的軍人公墓，朱成亮一到龔承業的塔位前，說了句：「我來了。」隨即雙膝下跪，磕頭致敬……

聳立在美斯樂山頭的泰北義民文史館，是為戰死和凋零
的孤軍所成立的史蹟紀念館。

溫暖守護

（一）

救總在泰北的援助長達二十餘年，項目之多，經費肯定不容小覷，仰賴政府提撥的經費，仍是力有不足。現任救總理事長張正中坦誠地說：「政府預算有限，社會資源無窮，臺灣民間的愛心力量是很大的。」

自從柏楊著作《異域》出版後，不少臺灣人組團前往泰北，親自送愛；更多人則選擇捐款到臺灣各大報社，報社再將款項轉交給執行泰北援助工作的中華救助總會。

大人為生計勤墾於農田中，留孩子們在村內獨自生活，兄姊如父母，照顧弟妹。

（照片／慈濟花蓮本會提供）

「我們不收取任何行政費用，人們捐一百萬，那一百萬就全部用在當地人身上，愛心不打折，專款專用。」張正中表示，即使臺灣的勸募法規規定可以收取行政費用，但回應各界愛心的最佳法則，就是讓「一」的力量淋漓盡致地發揮。

這波捐款以及親赴當地支援的熱潮，當時稱作「送炭到泰北」。送炭到泰北的人很多，但要有規畫性地長期雪中送炭並不容易；當年除了救總，能夠辦得到的大概就屬錢秋華所創立的溫暖之家。

錢秋華是臺灣知名家飾業者國裕企業的總經理，在泰北地區成立三所育幼院——溫暖之家、懷恩之家與滿堂之家，專門收容貧童與孤兒，供給生活安頓和教育。在泰北無論老少，人們都跟著孩子稱她一聲「錢媽咪」。

根據朱成亮的記憶，當年救總「茅房變瓦房」的計畫是源自於那個雨天，他們躲雨的那棟破茅房，「當時龔團長吩咐旁邊記錄的人，把房子的樣貌拍下來，並將照片寄給他的朋友錢秋華，於是錢秋華就捐了幾萬塊，把這間房子蓋起來，貧戶改建就是從這裏開始的。」

然而，錢秋華踏上泰北之路，是在更早幾年就已經開始。她在一個寒冷的冬天，穿著厚外套攀上泰北山頭，卻見孩子們衣衫襤褸，甚至有個四歲的小女孩，用紙板將自己圍起來擋風。小女娃睜著一雙大眼瞅著她，像是靜待援助的小貓咪，讓她的淚水怎麼也克制不住了。

一九八八年五月的母親節，錢秋華把心底湧現的不捨、悲憫與疼惜化為行動，在清萊府帕黨村成立第一所育幼院——溫暖之家；同年十月，又在達府三民新村成立懷恩之家；兩年後，在清萊府滿堂村設立滿堂之家。至今，前後花了五千多萬新臺幣，守護泰北的孩子得以平安溫暖成長。

溫暖之家甫成立半年，卓素慧就到泰北育幼院服務，至二〇〇〇年離開，總計十二年。

卓素慧的身形高挑，說起話來細細柔柔，她用溫暖的語調，闡述自己如何與泰北結下深厚的緣分——

「高中的時候，我很『不小心』看到一本叫做《異域》的書，前往泰北服務就此成爲夢想。」當年大學聯考競爭激烈，卓素慧好不容易考上私立大學，卻決定放棄，準備重考，「救總是當時我所知唯一長駐泰北的單位，理事長谷正綱先生每年在自由日慶典上都會精神喊話；我想，要在這個人的下面做事，一定要考上國立大學才行。」

於是，卓素慧在準備重考的同時，也甄選上國小代課老師一職。一天中午外出吃飯，偶然翻到溫暖之家的雜誌，應徵欄上刊載泰北工作機會，門檻並不高，只要「高中畢、體健、具保母經驗」即可；「我當時想，原來不用上大學就可以去泰北了，那我何苦還在臺灣繞圈子呢？」

卓素慧寫了履歷和自傳，順利接獲面試通知。錄取後經過培訓，一九八八年十一月，卓素慧如願踏上泰北的土地，她的第一站是達府三民新村的懷恩之家。

出發前，朋友擔心地問：「你眞的要去嗎？泰北是一個很荒涼的地方呢。」「你眞的不讀大學了嗎？當志工不都是退休後才去，你還那麼年輕，都不顧未來了嗎？」

當年卓素慧二十二歲，正値青春年華，思想卻不同於時下年輕人，她堅定地說：「以後我老了，如果又病又走不動，無法去泰北怎麼辦？」就這樣，她成爲溫暖之家創辦以來，第一位長期駐泰的臺灣老師。

懷恩之家，一開始收容的是游擊部隊所留下的戰爭孤兒，或是父母癱瘓無力照顧的孩子。在育幼院成立前，這些孩子普遍住在親戚家，對親戚來說是一個負擔，倘若孩子際遇不佳，對孩子而言亦是一個悲慘童年。

「有一個孩子叫做阿撲，爸媽去世時他僅五歲，由外婆收養，後來外婆年長力衰，又交給阿姨照顧。」卓素慧抵達泰北後，首要工作就是挨家挨戶找出這些孩子，說服親戚讓他們帶孩子回育幼院居住，阿撲的阿姨一開始態度很強硬，「阿姨說這個孩子可以幫她做家事、照顧小小孩，讓他去育幼院不等於少了一個幫手？」

其實，阿撲的阿姨也不盡然如此狠心，她也擔心受騙，因爲當時有許多小孩被集團綁架，砍斷手腳，逼迫上街乞討。

卓素慧苦口婆心地勸誘道：「他到育幼院來可以免費念書，有知識將來才能找到好工作，擁有好收入來孝順你。」阿姨才勉強地點頭答應。

在育幼院，孩子們不僅可以免費就讀，還有溫暖的床以及可口的米飯。「原本沒有爹娘疼愛的孩子，進到育幼院那一刻起，突然間什麼都有了。下雨天，其他孩子用葉片遮雨，他們有塑膠雨衣可穿；中午，其他同學吃著芭蕉葉包的飯糰，他們享用的是便當餐盒。」

育幼院沒讓孩子們受寒或挨餓，每天總是穿得乾淨整齊，住的地

溫暖之家提供貧苦無依的孩童，不僅是一頓頓飽足的伙食，也給予安身立命之所。

（攝影／黃錦益）

方甚至是村裏唯一的水泥建築。卓素慧的語氣中沒有自傲，反而多了幾分嚴肅，「住進來是一件很光榮的事，但那是孩子們用殘酷的背景所換來的。」

（二）

之後，卓素慧轉調到帕黨村的溫暖之家。報到那天，她穿著套裝與絲襪，一身端莊要給孩子一個好印象。

前往帕黨的路途遙遠，三、四個鐘頭的顛簸，早已暈頭轉向，偏偏上天還給了她更爲艱鉅的考驗——那夜大雨滂沱持續到天明，正巧又遇到道路修築，車輛只能駛抵院外一公里的停機坪，既無替代道路，只能披荊斬棘自闢一條通往山上的路。

「我還傻傻地先在山下買一堆米和菜，光要走路都難了，這一堆食材又該如何是好？」無計可施之際，卻見十幾個小孩浩浩蕩蕩從山上走下來，在她面前整齊排隊，精神抖擻地喊著：「老師好！」

帶頭的孩子是年紀最大的五年級男孩，後面跟著個頭不大的小男孩，肩上扛著一支鋤頭，他說：「老師，我會替您挖路。」原來鋤頭是為了把路挖平一點，讓卓素慧可以安然行走；一個最小男孩則拎著一雙雨鞋，請卓素慧換上；接連十幾個孩子，手裏拿著木棒、空米袋與臉盆，把卓素慧的行李與購買的食糧裝好扛回去。

卓素慧僅提著自己一雙鞋與一個小包，望著一個個小蘿蔔頭捧著沈重的臉盆，挑著不是他們年齡所該扛負的重量，心情萬分激動，也更加深留在泰北服務的信念。

談起孩子們，卓素慧的故事一個接一個，眼淚一滴接一滴。「有個孩子看起來好端端地，在我們面前又跑又跳，直到有天晚上體溫急遽升高，甚至還吐血，同寢室的孩子來通報，我們才知道他已經發燒好幾天。」

這件事情讓卓素慧很自責，誓言當孩子們的媽咪，但是不是平時的教育太過嚴格、表情太過嚴肅，才讓孩子連生病都不敢向她說呢？卓素慧向院長懺悔，院長直拍她的肩請她寬心，「別這麼想，孩子不是不敢告訴你，而是他覺得這是小病，過兩天就會好了。」

這個孩子是在小學二年級時被接來育幼院的，有吃有住，生活比起以前好過太多。院長說：「生長背景造就孩子們內斂的性格，這些小苦頭對他們來說，都被認爲沒什麼。」

後來孩子康復了，卓素慧問孩子，孩子的回答果真與院長雷同，「我覺得是小病，不過是發燒、會頭痛而已。」這些經驗都成了一顆顆的磁石吸引卓素慧更深入泰北。

「爲了提供更多機會，育幼院原本只收留孩子到小學六年級，畢業後就得離開。」卓素慧突然停頓，再啓口時已經不是細柔的音調，取而代之的是沙啞，「有一個孩子回去後就染病往生，我很難過並思索，是不是能別讓孩子這麼小就離開？」

在卓素慧的印象中，泰北的孩子就像是天公囝仔，少有大病痛，失去這個孩子才讓她省思，他們畢竟還是個需要呵護成長的孩子。溫暖之家因此改變政策，後來延至國三、高三，甚至還在念專科的孩子，仍繼續收留。

隨著環境變化，育幼院的規章也不斷修改，原本只收容全孤兒童，後來也開放給貧困家庭的孩子。這些孩子的貼心與孝順，每每讓卓素慧好感動。

一個叫阿華的孩子，姊姊在曼谷工作，他與哥哥住在育幼院，家裏僅留生病的母親和牙牙學語的弟弟。阿華每天放學後，總是先走到育幼院下方的殘破住家，替母親把水缸的水裝滿，把晚餐煮好，才走回育幼院。

住在她隔壁的小姿，家境相差無幾，但小姿不過才國小一年級而

溫暖之家提供孩童就學機會，奠定人生基礎教育，替未來鋪路。

（攝影／黃錦益）

已，也總是在放學後回家照顧弟弟和媽媽。

「育幼院的伙食比一般家庭好很多，只要有好吃的，這兩個孩子都會謹愼包好，拿回家裏去。」卓素慧說，育幼院雖然放寬標準，但能收容的孩子畢竟有限，因此也限制一個家庭僅能送來兩個小孩。

「有個單親家庭，因母親體弱多病，已將最小的一對兒女送到育幼院，原則上無法再提供收養名額給另一位小學將畢業、想繼續升學的男孩。」眼看他得到曼谷打工，維持家計，與男孩同齡的院童請求卓素慧幫忙；她發現這孩子確實很努力，前途大有可爲，於是自掏腰包送他去外地念書，還幫忙租房子。

「那他有好好念書嗎？」我問。

卓素慧笑開臉，不正面回答，「他目前在曼谷已經是一位老闆了。」答案令人欣慰。

當年卓素慧雖然年紀輕，但在育幼院孩子們的心目中卻和母親無異，很多孩子不稱她爲老師，反而都叫她「媽媽」。

拿出前一晚在家裏找到的泛黃舊照片，卓素慧指著一個孩子的背影說，他無父無母，甚至也無親戚，游擊戰結束後，部隊長官才把他帶到育幼院來。

「孩子剛來的時候，問我父親去哪兒了？他什麼時候可以回家？」卓素慧親赴長官辦公室詢問，得到的回答她早有心理準備，「老師，您就不要問了，沒把他的大體帶回來，是我們一輩子的遺憾，但那是一場戰爭哪……」

卓素慧說，這個孩子一直到長大離開到社會工作，一直都是叫她「老師」。有一次，卓素慧到曼谷探視他工作的狀況，孩子終於鼓起勇氣，問：「老師，我可以叫你媽媽嗎？」

卓素慧理所當然地說：「當然可以呀！」

「後來他才跟我說，看到別人叫我媽媽好羨慕，他從小到大都沒有叫過媽媽……」對這群大山裏的孩子，卓素慧有說不盡的掛念，如今她雖然已經離開溫暖之家，卻仍在泰北致力於教育工作，「我期許自己可以爲孩子創造一個天堂，一個可以在父母身邊盡情學習、長大的地方。」

從二十二歲踏上泰北土地開始，卓素慧每年回臺灣與父母相聚的機會並不多，曾經母親半開玩笑地問她：「錢小姐是花多少錢聘僱你？你回來，媽媽用更多錢請你！」

卓素慧邊翻著相簿，邊抹去掉在相片上的淚珠說：「當初我想去奉獻，但去那裏之後孩子卻教會我很多；看到這些照片，我終於體會到，不是我帶給泰北孩子什麼，是他們豐富了我的生命。」

送炭到泰北的愛心從《異域》出版以來，至今一直沒有間斷，像卓素慧和錢秋華這樣長期關懷的人更是不少，即使當地生活水平已經逐漸提升，但來自港澳臺的愛心卻依然不減，或許卓素慧的這番體悟，可以解釋這一切吧。

愛不間斷

「送愛到泰北的人很多，但對泰北難民村的人來說，有兩個團體很重要，一個是救總，一個是慈濟。」此話出自張雲龍，他是孤軍二代，目前在泰北經營茶場，朱成亮則擔任此茶場場長。我們前來拜訪朱成亮，與他閒談過往，張雲龍在旁聽著，冒出這句話。

朱成亮點頭附和道：「救總走了之後，大家心裏都很慌，臺灣眞的要放下我們不管了嗎？」

經救總援助多年，加上「送炭到泰北」的愛心，點點滴滴湧進大小難民村，這群流亡海外的華人子弟，終於能在苦難中謀求生存的支柱，生活已慢慢在改變，但脫貧的腳步還是蹣跚。

一九九四年，立法院通過決議，將援助泰北的龐大經費全數撤除。救總對泰北的援助費用，大部分來自這筆預算，頓失金援，縱使有民間的愛心捐款，仍遠遠不足應付泰北的建設。

「當時我很心急，泰北的工作還沒完成啊……」時任僑務委員會委員長蔣孝嚴，透過慈濟基金會副總執行長王端正的安排，在那年元月二十九日，前往花蓮靜思精舍拜訪證嚴上人；「我沒講幾句話，上人就說『我們來接』，完全沒有猶豫，也沒有說『要再思考、再研究』，一口答應說：『這是應該做的事』。」

其實早在一九九三年，圓光佛研所宗嵐法師就曾針對泰北困境，寄望慈濟伸援。當時，慈濟除了中國九一年華中、華東地區救災後續工作仍在進行外，同時又有外蒙的援助及湖南湘西水患救急工作，再加上尼泊爾的世紀澇害等，使得泰北援助無論是在人力、財力，或資訊的掌握上，均因因緣未具足，而暫緩評估作業。

一九九四年四月，湘西冬令發放、外蒙援助、尼泊爾重建工作告一段落，證嚴上人遂指示王端正前往泰北蒐集資料。

「以當時金三角的情勢來看，慈濟若是沒有任何協助，恐怕寸步難行。」王端正向蔣孝嚴提出，希望救總的泰北難民村工作團留下來支援。

龔承業立即搭機返臺，與慈濟人討論工作計畫。最後決議，救總工作團不解散，其人事與行政費用由僑委會編列預算，慈濟則負責援助難民村的大部分經費。

四月十八日，慈濟泰北評估小組由王端正領隊，包括德融法師、德旻法師與志工一行六人首度踏上泰北，七個月後又再度前往第二次勘查。王端正說：「每次總要在山裏轉上好些日子，一個村一個村訪問，了解狀況好做接下來的規畫；爲了盡可能把大部分的村子走遍，

泰北山區多為泥土路，雨後泥濘路滑，常使車子陷入難以動彈的窘境。

（攝影／黃錦益）

每天都是早出晚歸。」

他們從泰北的東邊開始，再繞道東北，經由北方行至西南，綿延一千五百公里的難民村地帶，僅靠前後加起來幾十天的時間就要走訪完，非得夙夜匪懈不可。

頭一天，救總工作人員領著慈濟人走訪的幾處難民村，都是援助成功、生活得以改善的村落；不僅能蓋得起磚房，水電暢通，道路也相當便捷，「尤其是美斯樂，就像臺灣梨山一樣，去了會覺得這根本是觀光區，不是難民村！」

第二天，慈濟團隊向救總人員表示：「泰北地廣，你們實在很用心，但或許有些地方是做得比較不足的，請告訴我們，讓我們繼續去幫忙。」勘查的步伐才由美斯樂、滿星疊等繁華的難民村，逐漸探向道路崎嶇難行、風沙滾滾、沒水源電力的村莊。

路面從柏油變成黃土，交錯的電線從糾結成團逐漸稀疏，雨開始滴答地下，他們來到清萊府西部與清邁府的交界山區，一個海拔一千公尺的小村莊──滿嘎拉村。

這個村落地理位置偏遠難行，援助很少到來，大多還是破敗的茅草房屋。當眾人彎腰進入其中一間時，一個孩子正躺在床上、發著高燒，父親顯得焦急卻無奈地說：「讓他睡兩天就好！」

找不到醫師，也找不到草藥治療，只見一家愁容。當眾人下山離去時，閃電霹靂、大雨滂沱，天雷隆隆，一聲又一聲地撞進一行人的心頭。

第二次勘查，救總人員帶慈濟團隊往密窩村訪視。密窩村是位於泰緬邊界盆地上的村子，有「小明潭」之稱，村裏有三座池塘供農作灌溉之用，村民沿著湖泊而居。

抵達時，已近黃昏，「我還清楚記得，那間茅草屋頂斜塌塌的，裏頭只有五個孩子，不見大人，最大的十三歲叫家琴，要照顧三個妹妹和一個弟弟，看到我們進去表情很羞怯。」志工梁安順說，孩子們的父母在山上工作，平時睡在工寮，一週才能回來看孩子一次。

慈濟志工走訪泰北難民村，常見父母到山上工作已多日，孩子們在簡陋屋舍中自理餐食。

（照片／慈濟花蓮本會提供）

「家琴說，她七歲就得學煮飯，憑著能找得到的食物以及父母帶回來的一點食糧，照顧年幼弟妹的生活。」梁安順感慨地說，木板凳上放著一碗醬菜，簡陋的爐灶架在地上，還有幾根燒焦的木頭，其他什麼都沒有。

像家琴這樣的案例，在村莊裏頭比比皆是，慈濟志工走在路上，看到最多的不是貓狗，而是年紀尚小的孩童背著嬰幼兒的身影……不捨難民村的人在茅草屋裏黯然度日，不捨發燒生病的人還得接受滴落的雨水澆淋，重建一個遮風蔽雨的家，成爲慈濟三年扶困計畫中最主要的一環。

抵達帕黨與熱水塘兩處殘疾老兵安養中心，所見更讓人爲之震撼。彷若軍營的宿舍裏，住的不是當年歷經百戰的少年郎，而是步入中年的單身漢，甚至是缺肢斷足、眼瞎失聰、精神異常者。

「一位年約七十的老兵，眼眶泛著淚水，以濃重的鄉音，向我們立正報告當年戰役的風光和今日的空寂，『報告完畢！』他習慣性地雙腳立正，舉手敬禮後，黯然退去。」德旻師父在日誌寫下百餘位老人面臨斷炊之虞，眼神中所流露著期盼與無奈。

那些挺直腰桿所行的軍禮、那些泣訴的話語言猶在耳，一幕幕都讓王端正與隨行的常住師父、慈濟志工心生不忍。第二次勘查返抵臺灣，「泰北扶困計畫」隨即擬定完成，援助項目包括重建難民村、負擔帕黨與熱水塘兩所老兵安養中心費用，並提供農業輔導、貧戶醫療濟助與教育援助。

「唯有靠有步驟、有方法的援助計畫才能有具體成效。」一九九一年的華中、華東水患，奠定了慈濟海外賑災的基石。有了直接、重點、尊重的原則外，王端正表示：「泰北的苦難不是因爲天災造成而是長期戰亂引起的問題。這次不只是急難救助，我們還要有計

一九九四年慈濟團隊走訪泰北，見家住清邁府盤龍光華村的七十四歲施伯伯，因年邁無法工作，大都靠鄰居接濟。

（攝影／黃錦益）

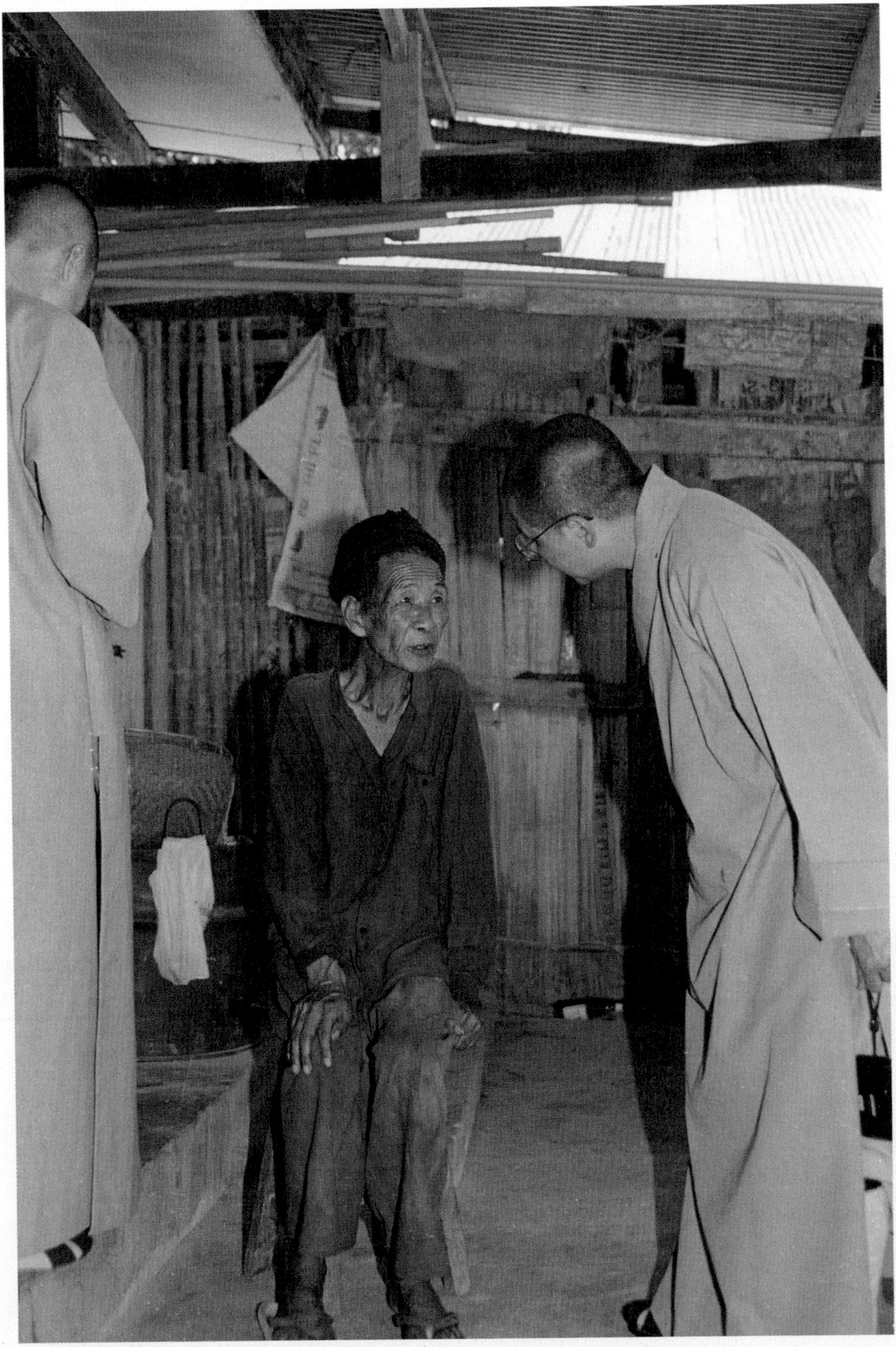

畫、有配套與延續性，好好地利用三年的時間做好。」泰北扶困計畫也因此成爲慈濟基金會從急難救助發展到長期援助成功的案例。

然而，三年時間論長不短，慈濟尋求志工前往當地長住並執行任務，有意願的人選很快浮出檯面，陸續由從小受過教會援助、亟思回饋社會的梁安順、軍人出生的蔣科尼，以及有工程背景的李朝森擔起重任。

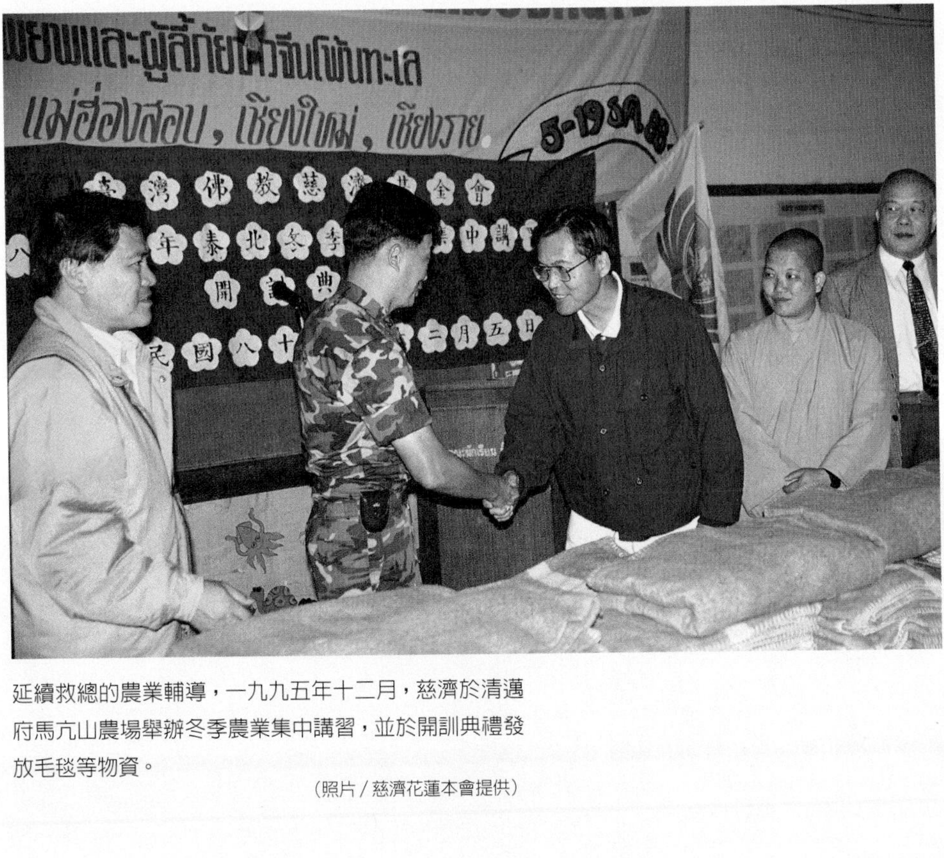

延續救總的農業輔導，一九九五年十二月，慈濟於清邁府馬亢山農場舉辦冬季農業集中講習，並於開訓典禮發放毛毯等物資。

（照片／慈濟花蓮本會提供）

安居安身

（一）

來到人生地不熟的泰北，梁安順與蔣科尼先向救總在清邁的辦公室借得兩張桌椅，權充辦公所，然後以四千泰銖在附近租賃一間公寓套房。一開始，無論接送交通或翻譯，全得靠救總工作人員的協助與幫忙，連吃飯也是一同搭伙，循序漸進下，才漸上軌道。

二〇一二年五月，前往臺中拜訪梁安順時，蔣科尼已往生多年，但在泰北共患難同心付出的點滴，梁安順記憶猶深。

「軍旅出身的蔣師兄長得高高大大，一對銅鈴般的大眼珠，加上毫無掩飾的大嗓門，初次見面的人，總會被他的威武外表震攝住。」梁安順表示，其實蔣科尼是一個粗中有細的性情中人，不僅文書工作做得好，做事積極又有效率，同住泰北小公寓期間，地板都是蔣科尼負責拖，「他還做得一手好菜，尤其麵食貓耳朵更是令人回味。」

蔣科尼身形高大，梁安順個頭較小，兩人一起走在路上，一個步伐大又快，一個得小跑步才趕得上，「遠遠看我們，不像七爺八爺，倒像是大人在帶小孩過街。」梁安順莞爾地說，身處治安不良的金三角地帶，情治單位出身的蔣科尼警覺性高，只要有他在，總讓人很有安全感。

在顛簸山區四處考察，不是意志堅定就能完成任務，有一天早上，梁安順起床時發現自己竟痠痛到翻不了身。日夜累積的疲勞，不僅反映在生理上，念家的心情也隨著時日愈感強烈。

一天，梁安順拖著疲憊的身軀返回住所，望著空蕩蕩的房間，思念油然而生。他撥了電話回臺灣，聽見五歲的女兒開心地大叫：「爸

梁安順（左一）與李朝森（右一）是慈濟泰北扶困計畫的靈魂人物，長期留居泰北，關懷並執行扶困工程。

（照片／慈濟花蓮本會提供）

爸！」這一聲，叫得梁安順鼻頭一酸，淚溼衣襟，哽咽地無法回應女兒的話，好幾次深呼吸後，才終於勉強告訴女兒：「爸爸好想你。」

一會兒，太太接過電話，問他：「怎麼了？」梁安順敷衍回答：「沒有，只是想家而已。」

「再累都說不出口，因爲做這個決定，事先並沒有和她商量過，一個女人就這樣忍受我的任性，獨自照顧三個年幼小孩，她都沒說什麼了，我能說什麼？」付出，一直是梁安順的心願，想法來自童年的遭遇。

「妹妹出生時，小兒麻痺正在臺灣流行，她九個月大就發病了。每個星期，媽媽都會帶著我和妹妹到教會領營養品，外國修女很關心妹妹的狀況，還補助她到馬偕醫院開刀，讓她可以裝義肢行走。」

每一回，修女看到梁安順，總會彎下身來摸摸他的頭，落在頭頂上的溫暖力量，讓他曾在日記本裏寫下：「可以的話，我要去幫助別人，或是蓋孤兒院。」

茅草屋是泰北山區村民就地取材自築而成，不僅難抵寒風暴雨，約莫半年還得修補整理。
（照片／慈濟花蓮本會提供）

梁安順十五歲時，父親因鼻咽癌往生，家裏頓失經濟依靠，生活總是在貧與苦間徘徊，他也不得不兼差送報紙，添補家用。

「父親往生時，第一個走進我家的就是鄰居阿姆。家裏沒自來水，寒冬水枯仍得往古井裏打水，阿姆幫我們牽了一條自來水管；一次颱風把廁所吹倒，往後十幾年都讓我們借用她家廁所；逢年過節或是祭祀節日，只要阿姆家有一餐豐盛，我家也一定會有。」自願前往泰北，就是爲了延續鄰居阿姆那分寒冬送暖的付出。

重建難民村的工作啓動後，對建築較有經驗的志工李朝森也前往報到，「那三年，我們三個人在泰北一起度過很多難忘的日子。」梁安順對執行過程的辛勞總是一笑置之，字字句句充滿的都是對工程品質的堅持；他們以愛爲磚，以捨爲木，烘焙出滿室芬芳。

早年泰北難民村的生活只求能遮風蔽雨，破舊的茅草房內，簡陋的家具都是親手製作，人畜共處一室。

（照片／慈濟花蓮本會提供）

我問梁安順，慈濟援建的四個村莊——回賀村、滿嘎拉村、密撒拉村與昌龍村，最推薦先去哪一處探望？他說：「回賀村。」

第一次到回賀村，我們就與曾任村長的艾新伯談到鴉片，話題敏感，他知無不言，只因我們來自慈濟，「要不是當年慈濟幫我們蓋這個房子，哪有今天的回賀呢？」

志工林美彣繞了村子一圈，說：「回賀村都變了，空曠的地方少很多，房子也變多了。」艾新伯隨即接口道：「是啊，你們幫忙把房子蓋起來後，孩子長大都願意留在村裏，外村的人也想搬進來。」

艾新伯要我們別站在馬路邊說話，熱情地邀請我們到他家。灰瓦白牆的房子，仍舊相當堅實，柚木廳門一點兒都沒有損壞的痕跡。「這就是一九九五年慈濟幫我蓋的房子。」他一邊介紹，一邊搬來藍色的圓形折疊桌，安放在門前，再擺上幾張紅的、藍的、淺綠色的塑膠椅。

艾新伯一邊張羅的同時，回賀村會長艾福順已經泡好幾杯清茶放在桌上了。

泰北難民村有個有趣現象，通常一個村裏除了村長，還有個會長；村長負責和泰方政府聯繫行政事務，會長則是代表華人村民發聲的領袖。

五十六歲的艾新伯熱心地爲我們話說從前。「慈濟來之前，我們的住房都是用泥巴、竹子和茅草蓋起來的。」他說當時沒有工具，村民大多是徒手挖掘，「常常是這裏挖一挖就蓋一間，那裏挖一挖就蓋一間。」

我不禁笑說：「又不是土撥鼠！」艾新伯朗笑幾聲後，又繼續說：「竹子插下去，茅草鋪一鋪，泥巴再糊上去就是一棟房子了。住茅草房有個要訣，只要屋裏生火煙燻一下，就可以撐比較久，所以我們都在屋裏燒火煮飯。」

日本傳統建築也是利用煙燻，使茅草屋頂增強防水、防蟲蛀的效果，如此甚至可以保存四、五十年不腐。我問艾新伯，房子幾年要翻修一次？「大概五、六年。」答案不令人意外，畢竟他們鋪茅草的過程不講究紮實，只要能遮風蔽雨就行。

「有時候大風大雨一來，小孩都會尖叫逃離家裏，這樣的房子安全度……」只見艾新伯手指握住下巴，煞有其事地計算：「大概百分之四十吧！雨季還會引來很多蟲呢，晚上睡覺都要一邊作夢一邊把蟲趕下床。」

這樣的房子能安頓一家大小，對我們來說實在不可思議。艾新伯認爲能如此安身立命，比流落叢林間好太多了。

（三）

在茅草屋的日子一天一天地過，夜裏驅趕蚊蟲變成習慣動作。直到一九九五年中國農曆年前，在泰北部隊中深受敬重的陳茂修將軍來信，請回賀村幾位大老下山商談。

慈濟整體援建村莊的作法，不只嘉惠孤軍，也讓村裏的少數民族感念在心；二〇〇一年七月，婦人在途中巧遇慈濟人來訪泰北，歡喜合十。

（攝影／梁安順）

沈默已久的回賀村會長艾福順開了口，一提就談起生活改變的那一年，「陳將軍說，我們回賀村生活實在太困難，臺灣有人要來幫我們蓋房子，叫我們回來問問村裏的意見。」

當時，回賀村孤軍後代僅七、八戶，其餘都是跟著部隊遷居至此的漢民，還有幾戶比他們更早住在回賀的少數民族。當建房的消息傳來，卻不見大家歡喜之情，「如果只幫孤軍蓋房子，那其他人怎麼辦？我們怎麼忍心只有我們好，看其他人落魄？如果他們因此搬走了，那村也不是村了。」

艾福順解釋道，隨著軍隊沿路撤退，他們不少人結褵的對象都是少數民族，早已經不分你我。於是，回賀村民一致決議，倘若不是整村重建，他們寧可住在破房裏度過一生，也不願接受免費的水泥房。

「我們希望援助的村莊，正是全村都同意重建的，因爲一戶好並不能改善村莊，每戶人家都好，村莊才能活起來。」王端正說。

一九九五年二月十八日，援建村莊的消息正式宣布，受惠的不僅回賀村，還有清萊府的滿嘎拉村。

臺灣省住都局退休的李朝森，爲了讓我更深入了解泰北扶困計畫，特地開放位於臺中住家地下室的儲藏間。裏頭的一面牆釘著一座大鐵架，擺放著一整排的資料夾，密密麻麻的索引標題，每一本上頭都有相同兩個字——泰北。

李朝森拿出一本「泰北三年扶困計畫援助專案」，那是一九九五年慈濟在泰北的工作紀錄，大多是他一筆一劃寫上的，其中也詳實記載救總過去對泰北各村的補助專案。

他翻開其中一頁，指著一個段落要我細看，上頭寫著：「救總對本會擬規畫重建的回賀村，僅付出十七萬泰銖，而滿嘎拉村僅一九九三年獲得七千一百八十泰銖救助。」

李朝森解釋，救總爲何對兩村援助如此少，「因爲這兩個村莊都位在偏遠山區，通往村子的道路非常危險難行，再加上村子裏漢人和少數民族雜居，很難區分援助。」

「所以，我們決定先幫助這兩個村子。」李朝森說，三月三日與村民簽約後，九日隨即開工，「當時正好遇到日本神戶大地震，泰國建材廠商、營建廠商有惜售心態，爲了掌握先機，我們只好加快工程腳步。」

開工對村民來說意義是何等重大？李朝森說，由他詳細記載當時大家「共襄盛舉」的情況，就可以知道。

回賀村是泰北軍事要點，原是森林保護局的管治範圍，因爲軍事需求而轉交泰國最高統帥部管轄。因此，施工的大型機具與重機械要進入，都得經過層層把關與申請，當承包商好不容易提交種種文件、申請通過，抵達回賀村時竟發現村莊早已夷爲平地。

「原來，我們宣布建村消息後，全村男女老少就通力合作，用鋤頭和鐵鍬把住房基礎整平。」李朝森說，同樣是建村消息確定後，滿嘎拉村民就著手搬遷，把地整平。「開工典禮那天，村民們很慎重地打扮，孩子們還相互修剪頭髮呢。」

李朝森帶著施工隊抵達現場，內心是既欣慰又難過，「回賀和滿嘎拉村民為什麼可以自己把地整平？因為他們家當不多，草房竹籬一拆就散……」

施工前，村民協助整地，並另外搭起簡單的安身小茅屋；工程中，他們雖然不專精建築，但也幫了許多忙。

「早上農忙之後，我們就到工地做些雜工，幫忙搬運或是和混凝土，晚上還輪班看顧材料。」艾新伯解釋，村民團結一心，沒有偷竊這回事，「唯恐下雨淋溼建材就不好了，要趕緊蓋帆布。」

在村民與建商團隊合作下，慈濟志工也沒有閒著，他們與政府單位協商引水與架電事宜，「一個村如果只蓋好房子，卻缺水缺電那怎麼行？配套措施也要解決，讓他們可以安心住一輩子。」李朝森說。

位居高山的回賀村，如今早已引水架電，慈濟援建房舍後，少有人口外流，反而增添住戶，比以往更熱鬧。

回賀村五十六戶與滿嘎拉村三十五戶，分別在一九九五年五月三十一日與六月一日舉行啓用典禮，短短不到三個月，就讓村民歡喜入住。

施工快，品質好嗎？艾新伯很肯定，「嘿，看不就知道了，幫我們蓋的五十六戶，現在全都在，通通沒啥大毛病！」

艾福順領著我們到他家裏去，實際體驗房內的牢實。他家的廳堂很簡單，幾張木頭桌椅、正中央供奉著祖先牌位，牆上沒有多餘掛飾，只有祖先遺像，和一張褪得看不見印刷字跡的白色紙張，還裱著框。

艾福順把框取下，這是他邀請我們到他家的目的，「這是當年住進來時，慈濟給我們的住房公約。」上頭的紅色印刷字早已褪去，他神情傲然地說：「我不識字，但上頭的字字句句，我都背下來了。」

回賀村民艾新伯手上所拿的住房公約，字跡已被陽光曬得褪去顏色，即便看不清楚也不太識字，但內容早已深植他心。

一、我們一定遵守泰國政府各項法令規章及指導。

二、我們一定積極從事各項工作，如：農、牧等，試圖自力更生，達到自立自強，愛人助人的目標。

三、我們絕不吸食毒品、不種植毒品、不買賣毒品，以維護健全人格的發展與所有村民身心的健康。

四、我們絕對維持全村的整齊乾淨，包括住家的整潔與住家四周及所有道路的乾淨，以創造良好的生活品質。

五、我們願意在專家的指導下，種植花木，並負起認養花木的責任，照顧村內公共區域花木的存活與成長，以美化全村的居家環境。

六、我們絕對不破壞水土保持、不濫伐森林樹木，不隨地畜養動物，以維持全村的公共安全與衛生。

七、我們一定不把慈濟援建分配的住房，未經同意私自出售，或私自交換。

八、我們要努力發揮中華傳統文化的美德，並學習慈濟慈悲喜捨的精神，守望相助，互相成就。

最後是落款簽名，不識字的則蓋個紅指印。

艾福順念完一整串下來，還有些喘。我疑惑問，難道不覺得規範很多嗎？艾福順搖頭，「這些規範都是做得到的。」

他指著其中毒品那一項，「以前我們種鴉片，部分人也染到毒，搬進新房子後，上面就有不碰毒品這一條，我們村裏的人都會相互監督，第一次抓到罰五千泰銖，第二次就要趕出村子。」

一九九五年房屋落成以來至今，從未有村民被趕出回賀，「只有一個，他跑去山下偷吸毒，被罰了五千泰銖，然後就再也不敢了。」

至於房屋買賣，艾新伯有個例子可以說。他拿出一張住房公約，上頭簽的名字是艾福興，「我弟弟，三十六歲病死，之後房子給他太太，結果他太太改嫁，按規定房子就不屬於她，現在房子是我最小的弟弟在住。」

「對我們來說，能夠有房子是一件很奢侈的事情，怎麼能賣呢？」艾新伯與艾福順，甚至每位村民都把住房公約保存得相當完好，並懸掛在牆面上。志工林美彣特別向我解釋：「雖然是這樣寫，但我們可沒有特別來突擊檢查喔！只是希望他們能好好愛自己而已。」

「五十六戶，五十六紙住房公約都還在，裱框也都在，除非被小孩子打破的，但那紙公約都保存了下來。」艾新伯心有所感地說：「即使房屋再住個五十年，塌了，這張紙我們也不會丟，這是要世世代代傳下去的。對我們來說，那張紙代表的是這間得來不易的房子，以及臺灣給的愛、慈濟給的愛。」

幾位回賀村的母親們坐在屋簷下話家常；十七年前慈濟援建的住房依舊牢實，經濟改善後，他們對下一代的未來，充滿期待。

打造出路

（一）

前往回賀村的路並不好。下山前，我這樣告訴艾新伯。

回賀村山腳下約七公里路程是滿星疊村，我們前一晚就是夜宿在這裏。滿星疊村是難民村中發展得相當不錯的村莊，清晨五點的早市人來人往，各類山菜與日常用品沿著主街擺賣；不到七點，天開始下雨了。

「你們要上回賀？」民宿老闆不禁皺眉看著我們租賃的廂型車，「上回賀的路非常陡峭，雨天更是危險，你們這輛車絕對上不去。」

好心的老闆幫我們跟當地人溝通，臨時租下一輛高底盤、平常用來接

滿星疊是回賀村山腳下的村落，也是附近幾個村莊的集
散地；清晨五點，早市已經熱鬧非凡。

送學生上下課的嘟嘟車。

一坐上車覺得很新奇，車子雙邊各一條座椅，背部靠窗，無論是想吹風或眺望風景都很方便；行入蜿蜒山路時，我們便開始膽戰心驚。山路約四公尺寬，有些路段僅三公尺，臨懸崖處偶有竹林，部分路段望去是一片雲海，即使不往下看，光是背靠著窗，就足以令人起雞皮疙瘩。

剛下過一場雨，部分路段有鋪混凝土，部分路段依舊是泥土路，不僅泥淖路滑，還坑坑巴巴，一段陡峭的上坡路，我們得全員下車，車子才能使勁地往上爬。

艾新伯聽我們一路坎坷，直笑說：「姑娘，這樣已經很好啦。至少部分比較差的路段，慈濟志工都幫我們鋪平混凝土了，要是以前啊……像今天這種天氣，不過小毛雨，根本是上不來的，別說車，連走上來也難。」

「人家說條條道路通羅馬，我們還得看老天爺給不給通。」艾新伯指著貫穿回賀的那條馬路，「這條路是唯一通往村外的道路，走去滿星疊或是美斯樂都要兩個鐘頭，但只要一到雨季，回賀村就像一座孤島，出去不得，進來也不行。」

跑遍各山頭的沐惠瑛說，即使救總耗費二十多年時間，努力做鋪路造橋工程，但三個半臺灣大的地方，豈是一個團體就能夠建設完全。

慈濟接手援助工作後，時常也面臨道路難行的問題。有一天，他們愈往山區走，路況愈來愈糟，車子好幾次在半路拋錨，衆人下車能推得動就推，推不動只得在旁等司機修理。在一次等待修車的空檔，沐惠瑛分享一件過往趣事——

她初到救總工作團服務時，有一次要到村子裏去，無奈山路太陡，車子上不去，正巧旁邊有一位要往村裏走的人，他們上前詢問：「到村子還要多遠的路程？」那人說：「一根菸的時間。」沐惠瑛心想，一根菸最多也不過十五分鐘吧，於是就跟著這個人的腳步往山上走。

沒想到，這個人一根菸吸了兩口就捻熄，走過一段漫長的山路後

乘著好天氣，回賀村民曬旱稻。道路鋪設十六年來，難
民村交通改善，然而至今馬匹仍是常見的運輸方式。

再點燃，吸幾口後又捻熄，一路上吸吸走走，足足走了三個鐘頭才抵達村子，但也眞的剛好抽完一根菸。

「如果遇到下雨天，更是寸步難行。」林美彣也想起早期每每要上回賀村或是滿嘎拉村探視村民，如遇雨天，計畫都得臨時變更。因爲地處偏遠，支援難以進入，當部分村落道路鋪設已臻完全，通往這兩個村落的路大多還是「毛路」。毛路，這是雲南話，意味土路。

好幾次，他們要到回賀，半路突然下起大雨，毛路泥濘不堪，車子在蜿蜒陡峭又近懸崖處打滑，一行人戰戰兢兢。那個年代，泰北的手機通訊還不普遍，山區甚至接收不到訊號，不得已，才由一人下車徒步踩著爛泥進村子裏，拜託村民來幫忙推車。

「幾次後，我們要慈濟志工上來前，先打電話給我們，若氣候有變，大夥兒就會到半路等候，幫忙推車。」艾新伯說，記得有一次，農業專家要來回賀，在半路翻了車，如果再往旁邊滾個幾十公分，可就跌落山谷了。

「通往回賀的路眞的很糟。」艾新伯說，當時慈濟已經幫他們蓋好房子，有了安居之所，有水有電，村內道路鋪設完善，農業專家也開始上來輔導果樹栽種，唯獨這條聯外道路，總讓人提心吊膽地上下通行。

「有人提議，能否請慈濟幫忙？但村中老一輩的人都覺得，這似乎太得寸進尺了，畢竟慈濟已經幫忙很多了。」艾新伯說到這兒，咧嘴一笑，「後來，是慈濟主動想要幫我們鋪路。」

林美彣接續著說：「村子蓋好後，那條道路眞令人頭痛。不僅要開四輪傳動的車子，還得加裝鐵鍊，即便有備而來，仍舊驚險。上坡路段要下來推車，下坡路較輕鬆，用滑的！」

「每次下山，心就懸在那兒，七上八下的，溜滑梯至少還有護欄，可是山路兩邊卻是山谷！」林美彣說，不只是回賀村的路如此，滿嘎拉村也一樣。

村莊建設完全，農業專家也來協助輔導農作，但道路崎嶇難行，蔬菜水果收成後該怎麼運下山去賣？志工心想：「倘若將來果園擴展規模，商人一看到這路況，肯定不想上來收購。」

又一次，志工在滿星疊村的早市，遇見一名回賀婦人；上前寒暄，才知道她凌晨三點就起床，步行兩個鐘頭，趕赴五點的早市。看著婦人沈甸甸的簍子，那雙腳和褲管沾滿半乾涸的泥巴，回程又得走兩個小時的爛泥路回村子，就不禁滿腹心疼。

（三）

一九九八年，曼谷慈濟人接續泰北關懷工作，歷經多年，當地政府仍遲遲無法撥款興建聯外道路。於是，志工們決定在曼谷發起募款，為回賀村鋪設一條安心的路。

由於志工人數不多，籌募經費也很辛苦。爲了發揮最大的效益，他們決定以較陡的坡、難行的路段，或是轉彎處、易致泥濘處等，分段鋪設。

當時回賀村尚無自來水，村內用水是慈濟建房時蓋了蓄水池引山泉水而來，自用還可以；然工程需要大量的水攪拌混凝土，水量不足是一大問題，廠商一看就拒絕承包。

當年曼谷慈濟志工很少，臺商陳世忠也是成員之一。他經常往返曼谷、泰北兩地，具有營造經驗，在大家的引頸企盼下承擔此項工程，其他志工也都出錢出力。

目前居住清邁的陳世忠，頭髮稍微泛白，身手仍舊矯健。問他對回賀這條路的工程，是否還有印象？他毅然地說：「令人難忘！」

「後來大家期望我來承接，我一口就答應，心想不過是一條路而已，有何困難？」他苦笑道：「沒想到難度竟如此高！我還載著志工們親自『試路』，來回各測試一次，親手繪製路面圖。」

通往回賀村唯一聯外道路「毛路」，若遇下雨天便泥濘不堪，寸步難行，以致農作產銷深受阻礙。

（攝影／黃錦益）

SUZUKI
P.D.TOUR
VITARA
JLX

「接下工程後，曾後悔嗎？」我問。

「不，回賀那一條路，是我一生中做得最有意義的一項工程。」

一方面是找不到承包商，另一方面又要省錢，於是陳世忠建議：

「不如我們自己來做、自己監工！」

決定鋪路，首先得解決水源問題，陳世忠憑靠著在臺灣學工程的經驗，沿著溼潤的山壁尋找，邊爬邊找，終於讓他在回賀村下方不遠的山谷，找到一窪小水源。

當他找到水源，回賀村民卻苦著一張臉說：「沒用的，從這裏把水牽到回賀，山坡高高低低的，低的還可以讓水順流，但高的地方，這麼微弱的水，沒有足夠水壓可以沖上去。」

村民的嘆息很快就被陳世忠的智慧所折服。他劈砍山上到處可見的竹子，再剖半權充水管，遇到地勢落差較大處，就運來幾個水泥圈相疊至足夠高度，當蓄水桶滿水後，水就可以繼續往下一段順流了。

光是解決水源問題，便耗去十幾天，如果以爲因此能一路暢行施工，可就大錯特錯。

「要造路，必須先把上層的老土面去除，再鋪上碎石子，接著利用重機械在上頭來回滾壓，只要有凹洞就要立刻塡實，這樣的步驟要做得紮實，路面才可以維持長久。」陳世忠說，重機械要進入回賀村，得通過重重申請，再者山區路陡，也難以運載重機械。

既然重機械無法運到，於是採用祖先留下來的「土方法」。

「運送材料的車很重，但車體不大，材料得分好幾批運到最上面，剛好可以來回滾壓路面，每個路段至少要滾壓五、六十次才紮實。」陳世忠比手劃腳說，當時由兩個人專門看守車輛滾壓的路段，只要一有凹陷就馬上塡補，「但也有輪子壓不到的地方，怎麼辦呢？大家就拿木椿去敲打。」

木椿極爲沈重，工人由山上往山下沿路敲打，到山下後再扛著木椿坐上貨車回到山頂，並重複敲打的工作。好不容易地基塡整完全，材料也分批運到工地，終於能開始施工。然而，難題卻再度迎面而來。

「有一段路崩山，那裏斜度大又臨轉彎處，下頭還有水流經過。」陳世忠考量，假若用一般鋼筋，仍舊容易滑山，他決定先裝置涵管引水流過，再以竹筋取代鋼筋。所謂的竹筋，顧名思義就是用竹子編織，古時尚未有鋼筋，鋪路就是用竹筋。

我很疑惑，竹子埋在土裏，不是很容易腐爛嗎？「只要是眞空狀態，它是不會腐化的。」陳世忠打破我的迷思，並進一步解釋說：「用竹子來綁，路基更穩，更不用擔心滑坡問題。」

林美彣則在我耳旁打趣說道：「山上到處都有竹子，一毛錢也不用花，眞是物盡其用！」

泰國慈濟人為回賀慈濟村募款改善聯外道路，讓居民有條安心舒坦的返家路。

（照片／慈濟花蓮本會提供）

既然鋪路困難，找不到發包廠商，那工人又從何而來？陳世忠笑說：「回賀村村民。」擅長工程的陳世忠是工頭，採購材料由林美彣負責，而工班則發動回賀村民一起來。

負責財會的林美彣還記得，給村民的工錢並不多，「當時曼谷平均一天工資是一百五十泰銖，但我們只給他們五十泰銖。」三分之一的工資並非爲了省錢或是小器，村民自己也相當認同。

艾新伯說：「這條路是爲我們蓋的，我們也要爲自己努力，別老是坐在那兒奢望別人來協助。自己投入，以後牽著孫子的手走在上面，還可以說故事給他們聽呢。」

回賀村民幾乎男女壯丁都投入工程，他們自己排班，分批前來。偶遇農忙時節，人就少一些，若是收成過後，就多派一些人來，工程進度因此時快時慢。

林美彣印象深刻，工程期間正值泰國最熱的時節，莫約三、四月左右，期間還遇到泰國的宋干節，等同泰國的新年，體恤工人辛勞，也讓大夥兒放假；因此直到完工，總計耗費三個月。

每天早上七點上工，下午五點收工。由於山上沒有攤販供食，慈濟志工每天都會帶一堆器皿，鍋碗瓢盆樣樣具足，米飯、配菜和點心茶水也缺一不可，林美彣直笑說：「就好像在野餐一樣。」

村民可就不同了，他們總是用塑膠袋包一碗白飯，混上一點鹽巴或是醃薑，頂多帶一條大黃瓜生食，除此之外，連湯瓢或是筷子都沒有。

林美彣走向前去問：「沒筷子怎麼吃飯呢？」

「這個簡單。」村民放下手上那一袋鹹白飯，就地取材截取一段竹子，再以刀切削，一下子功夫就把一雙竹筷子遞給她；不一會兒，想喝水，同樣用竹子現做水杯。

「那段長期相處的日子，才深刻體會他們是如此度日。」志工不捨，往後用餐也爲村民準備一些伙食，大家圍坐一起用餐。

「我們在路邊鋪一塊蓆子，坐下來就吃，車子駛經身旁，揚起的黃沙就是飯裏的配料，要休息就是睡路邊。」林美彣說得自在，「那一段日子有趣又難忘，也讓我學習跟大自然共處。」

工程期間，也曾發生一些意外狀況。車子離開回賀村，行經當初鋪設的路段，來到一個轉彎處，林美彣腦海中立刻蹦出一段回憶，「就在這裏，爲了要編竹筋，有個工人在砍竹子時，不慎砍到自己的手，當場血流如注，嚇得我們趕緊將他送到山下去包紮。」

陳世忠也記得有一回，山上一位村民跑下來求援，原來是一名產婦已經陷入昏迷。他們趕緊開著工程車將產婦送下山，沿路呼喊她的名字，試圖讓她恢復清醒。在行經施工路段時，原本四公尺的路面，縮減一半供通行，結果車子沒控制好，造成其中一個輪子懸空地面。

「我們全都下車，工人也靠上來幫忙，三十幾個人合力把車抬回路面。」陳世忠說著，不禁吐出一口氣，「有驚無險，產婦順利生

慈濟為密撒拉村援建十一戶，後來又增加一戶火災戶，共計十二戶。村落雖小，但居民互動相當融洽。

（照片／慈濟花蓮本會提供）

產，母子均安。」

意外中也有趣事，大家都還記得的，就屬林美彣第一天上工時的天兵表現。

那次，陳世忠臨時要下山備貨，林美彣留守工地巡邏，望見一個地方要補水泥，她心想：「這簡單！」於是蹲下來，把水泥和水拌勻補上，但怎麼補總是缺乏黏性，她不禁氣憤在心，「這水泥品質也太差了吧！」

見她忙弄許久，村民上前探看，大夥兒一個接一個捧腹大笑。正巧陳世忠回來，問大家在笑什麼，他們才邊擦淚邊說：「她拌水泥，沒放沙子進去，當然不會凝固啊！」

鋪路過程有笑有淚。回賀村通往滿星疊村約七公里路，他們分段鋪設，加總起來還不足兩公里，但總工程費用卻達一百多萬泰銖。最終，曼谷慈濟人有募足這筆款項嗎？

其實，原本募款遠遠不足，直到有一天曼谷慈濟人結隊前來探班，看到長住泰北的志工，個個都曬得像木炭一樣，再到他們每個月花一千五百泰銖，臨時在滿星疊的租賃處一看，還能望見不少星斗。於是將這些克難的畫面拍照下來，拿回曼谷大張旗鼓勸募。

故事至此，我們的車子也離開回賀，返回滿星疊。這條充滿故事性的道路究竟如何？就我親眼目睹，雖然歷經十六年，路面依舊平整，稍有裂痕卻不破碎；那一天下著雨，途中來往的村民也不少，可喜的是，他們的鞋子都還算乾淨。

生根深耕

當回賀村與滿嘎拉村住屋援建落成翌年，慈濟又爲清萊密埃縣府密撒拉村與清邁府芳縣昌龍村援建屋舍。

湯紹義永遠都記得，一九九六年第一天搬進磚房睡時，即使家徒四壁，山區夜風微寒，僅在地上鋪著一條破被，內心的暖意仍持續一整夜。「以前我們只管眼前的一餐在哪裏，從沒想過生活可以如此『進階』。」

臺灣各界投注愛心，讓難民村居民擁有自立自強的機會。農業專家從臺灣前來考察，分析泰北山區的地理與氣候，發現此處雖不利生產糧食作物，卻是荔枝、芒果與桃李、茶葉的天然溫床！

於是，中華救助總會開始針對各村進行農業輔導，慈濟亦延續其作法，並擴大培植果苗，分送給需要的村民，「當年我們家就分到二十株荔枝苗，專家還親自教導如何培育、施肥、驅蟲、修剪及接枝，定期開辦講習，還送我們專業用的樹剪和鋸子，我都還留著，很堪用呢。」

慈濟接手後，農技師林阿田與農技助理員朱成亮繼續留下來擔任指導員，這時農業輔導課程已進展到剪枝與疏果階段，卻免不了又掀起一場誤解。

「好不容易栽培到果樹長得茂密，根據邏輯，枝葉茂密果實就多。」朱成亮說，當時大家一聽要剪枝，甚至要將長出來的果實拔掉大部分，全都傻住了。

「那麼多年相處，並非不信任我們，但心裏總是存著恐懼，他們窮怕了，不想再走回頭路。」朱成亮也是孤軍後裔，很明白村民的感受，不想強求，但也希望他們能過得更好，於是與慈濟人討論對策。

農技師林阿田講解示範植株徒長，促使在適當位置分枝的處理方法，以提高果樹生產力及工作效率。

（照片／慈濟花蓮本會提供）

「當時慈濟的副總執行長王端正就想出一個法子，要村長去普查，看去年的收成是多少，慈濟保證價格；若有短損就給予補償，若是產量有增加，那就是村民的福氣。」這個保證價格的補償條例讓一些人放寬心，但也有部分人拒絕接受。

「後來呢？」我們急著想知道結果，只見朱成亮眼尾紋再度綻放，「舉個實際例子，有戶人家的梅子原本產量才八公斤，經過輔導增爲十七公斤，接著疏果、剪枝後，有七十多公斤呢。」

朱成亮舉的實際案例，我曾在慈濟的歷史檔案資料上讀過，當時還覺得不可思議，沒想到一個舉動就可以帶來如此大的改變。

湯紹義聞言，直猛點頭，「慈濟還請農業專家撰寫一本栽培管理手冊送我們，上頭仔細記錄著培養果樹的一切，我們都是識字的念給不識字的人聽，一起學習。」語畢，他心有所感地說：「如果當初只是給我們苗種，而沒有輔導教學，沒把樹種死就不錯了。」

結識湯紹義，時節已是六月初，正是荔枝的收成期。他領著我們往山坡走去，來到最近的一塊荔枝園。

三萊的土地上，一眼望去盡是結實纍纍的紅，湯紹義拿起掛在褲頭上的剪子，剪下一把豔紅果實遞給我；剝開皮薄的荔枝，尚未就口，飽滿的汁液已沾得滿手，溫潤的口感與香甜的味道，令人驚歎。

「你吃的這顆大概是一號、二號的等級。」湯紹義解釋，一號與二號品質最好，外觀是三號荔枝的兩倍大，價錢不斐，「目前市價約一公斤三、四十泰銖，前些年價格曾高到八十多泰銖呢。」

摘了滿滿兩串荔枝，下山時，經過一片芒果園，芒果長得碩大，有著飽滿的黃，湯紹義隨手拿起掛在腰際的果剪，挑一顆特別大的摘給我們。

「這片芒果園也是你的？」我將荔枝集中在左手，右手趕緊接過

慈濟於泰北難民村的農業輔導，不僅派遣農技專家下鄉教導，更撰寫栽培管理手冊、贈與生產工具，協助農民有好收成。

芒果。

湯紹義邁步往下坡處走，理所當然地說：「不是，別人家的。」

「這不太好吧！」

「我們這兒大家都帶點親戚關係，還是一起出生入死的同袍，比家人都還親，你的就是我的。」

回到村子，近午的陽光正要發威，湯紹義家門庭卻坐了十多人，大夥兒圍著堆積如山的荔枝，正在仔細地揀選分裝。

「這是我太太，那是她的妹妹，這邊這個是媳婦跟女兒……」十多個人介紹下來，早已記不得誰是誰了，但肯定的是，幾乎全家族都出動來幫忙。

湯紹義的太太一邊將多餘的枝葉剪去，一邊俐落地以眼力評估大小，「這一堆大概有八百公斤吧，昨天我們從早上八點，採到下午五點呢。」採摘下來的荔枝不能久放，頂多過一晚就得修枝裝箱，商人固定會在中午十一點前來收貨。

望著又多又重的荔枝，快準的揀選程序肯定辛勞，湯紹義用白毛巾抹去臉上的汗珠，笑說：「這還只是一部分，我有近四十萊的地，恐怕這一個月都要過這種生活了。」

聞言，大夥兒笑出聲來，這笑聲是輕鬆的，有收成也代表一整年的生活不必擔憂。

湯紹義僅是泰北難民村村民的縮影。多數人家即使孩子到外地工作，家家戶戶仍保留一塊耕地，種些荔枝、芒果，再做個小本生意，生活比起一、二十年前，早已不可同日而語。

近十一點，湯紹義一家加快動作，每二十公斤重的荔枝裝成一箱，封箱前不忘鋪上厚厚一層荔枝葉避免水分蒸發。等一會兒，這些荔枝就要運往八、九個小時車程的曼谷。

荔枝豐收季節，昌龍村迴盪著熱鬧的人聲；昔日難民村，已逐漸蛻變成經濟自立的農村樣貌。

商人一走，大夥兒終於可以暫時喘口氣，撿起地上留下的小顆荔枝，剝了幾顆，讓甜分補充些許體力。湯紹義走進屋裏，拿出一支粗如大腿的藍色管子，就著小板凳，倒些水進水管，再點一支緬甸產的草菸，放在管上的小支架深深一吸，仰起頭，吐出大口煙霧。

我好奇問：「是水菸嗎？」

湯紹義放鬆地瞇起雙眼，「這叫水菸筒，雲南四處都有的。」

幾十年過去了，他們從異鄉人到逐漸能說上簡單的日常泰語，與泰國人做生意，甚至了解泰國國情與政策規範，最終領了一紙泰國身分證，成了道道地地的泰國人。

然而，他們的生活仍離不了雲南老家的習俗。雖然也過潑水節，但農曆新年辦得更熱鬧；雖然也吃青木瓜涼拌，卻更常熬煮淺黃彈牙的豌豆粉。

「從沒想過有一天我會成爲泰國人。」湯紹義看著家人在前方話家常，你一言我一句，可都是道道地地的雲南方言，「現在去大陸或臺灣，人家都不要我們了，也申請不到身分證了。」

當年，湯紹義跟隨的軍隊是充滿激情的，他們在泰緬邊境遊走，爲的就是要等待攻回故土的那天。然而，國際情勢驟變，逼得他們終究成爲戰爭陰影下的國際難民。

當湯紹義第三次埋進菸筒，再抬起頭來時，我終於開口說出一直埋藏心底的問題，話題透過煙霧傳到他的耳裏，「恨國家嗎？怨過嗎？」

湯紹義將水菸筒輕輕移至一旁，聚精會神地說：「曾經。」

他挺起胸膛，接著重重往下一沈，一口氣嘆地肺裏的煙又冒了出來。「可是，後來我們也從臺灣得到許多幫助，政府跟民間一直幫了一、二十年，到現在都還有人送愛進來。要不是有臺灣的支持，恐怕我們現在還是住茅草房、喝芭蕉汁液吧！」

「接受那麼多還怨的話，就不配身爲一個人了，你說是不是？」

他笑了笑，拉來水菸筒，繼續他的放鬆時刻。

猶記前往果園途中，經過幾戶拉祜族的住宅，他們就蹲坐在門外，搓揉著衣服，看見湯紹義，紛紛以華語寒暄問候。

「我們村裏的少數民族，只要會說點華語的，對外都聲稱自己是華人。」湯紹義面帶驕傲地說：「無論是經濟還是生活都遠勝從前，現在我們強一點了！」

隨著時代變遷，經濟逐漸好轉，他們的生活雖不富裕，卻是滿足而愜意。

現在，難民村的居民不說自己是難民，也希望外界改以「義民」稱之——難民，是對過往國際難民身分的憐憫；義民，則代表著對往昔那群忠貞愛國戰士們的尊重。

在熱水塘傷殘老兵安養中心時，我始終認爲孤軍的故事是大時代悲劇；但穿越群山村落，看見村民生活的發展與進步，腦海裏縈繞不去的悲歌，音調似乎不再那麼哀沈了。

二〇一二年六月，慈濟志工重返泰北，走訪援建的四個村落。志工來訪這天，昌龍村民像是在辦喜事般，個個歡天喜地。

綠色金礦

「當年農業輔導成功的不只有果樹而已。」朱成亮目前在清邁府美賽縣的茶工廠，一個名爲翠峰茶莊的地方擔任場長。

一樓是製茶廠，我們坐在二樓露臺，這一天，太陽好不容易露臉，一掃十幾日來的陰霾。清風吹來，帶有青翠的味道，我脫口而出：「是草的味道。」卻同時惹來朱成亮和張雲龍的抗議，「什麼草！是茶香味！」

是啊，從露臺往下望去，四百多萊的茶園多麼地壯觀！

「農業輔導，不是一年半載就可以成功，還要有資金、頭腦以及財力跟條件。」朱成亮說：「茶葉這方面，救總與慈濟輔導最成功

泰北扶困計畫中，慈濟邀請農技專家舉辦農業集中講習，並致贈村民茶樹與果苗。茶樹因栽種三年即可採收，成為經濟主力之一。

（攝影／林櫻琴）

的，就是李開明的明利茶場與張秉權的翠峰了。」張秉權是張雲龍的父親，原翠峰茶莊的主人，一年前往生。

我問朱成亮，茶葉種類那麼多，翠峰主要種植的是哪一種？「臺灣金萱，俗稱臺茶十二號，是當年龔團長幫我們帶過來的。」

泰北山區原有許多老茶樹，據說大都有百年歷史，茶樹不若我們所見的矮至腰際下，大多高如大樹，「還要爬到樹頂去採呢！」朱成亮說，老茶樹屬大葉種，大多製成阿薩姆茶或是普洱茶。

龔承業認爲水果一年才結一次，倘若道路運輸不便，賣不掉還會腐壞，反觀茶樹一年四季皆可採收，至少還有五、六次收成，又禁得起久放，尤其以臺灣茶葉品種來看，海拔五百公尺就可種植，泰北難民村普遍位於八百至一千海拔，相信更能育出品質優良的茶

位於清萊邊境的翠峰茶莊是當年輔導最成功的個案，如今不僅擁有兩處茶園，每年更生產約十二噸茶業，成為泰北數一數二的製茶廠。

葉。

「龔先生頭大腦也大，馬上有了主意。」逗趣的形容，讓我們沒見過龔承業的人不禁滿懷想像，而現場如張雲龍、林美彣等人則笑彎了腰，直說好傳神。

救總的泰北工作團抵達一年後，即從臺灣運輸茶葉種子，朱成亮解釋，這稱為「實生苗」，由種子開始育種的苗，「結果苗參差不齊，青心大冇、軟枝烏龍，什麼茶種都有。」

「當時臺灣金萱品質最好，價格最高，為了保護茶農，出口著實嚴格。」根據朱成亮所知，當時龔承業在臺灣奔走多方，終於取得四百五十株苗。

四百五十株得來不易的苗，連夜用卡車運到泰北的救總農場，時任農場場長的朱成亮接獲大任，必須要讓四百五十株變得更多，「一般而言，大苗約一次成長期追兩次肥，當初為了育苗，兩個星期就追一次肥，夠拚命了。」

第一次成果驗收，朱成亮與農業專家成功拓育兩千株苗，分送給四、五戶有經驗的農家，「得來不易呀！我們還得派人去盯著他們，種哪裏、怎麼種等等，不過大家都視如寶貝，非常珍惜。」

李開明家與張秉權家都是幸運兒，但為何會選定分送這幾戶人家呢？朱成亮解釋：「因為他們都有茶場。」

張秉權往生了，沒能知道當時情景，於是我轉往明利村拜訪李開明。當時經營茶場的是他的父親，不過以他當時的年紀，也足以了解這一切。

李開明的父親李金堂，原在五軍段希文麾下，一九五八年被派到回中坡地區尋找適合駐軍養兵的地點。抵達回中坡地區，李金堂認為此處離邊界還有一段距離，沒有退路，於是回報不適合。但在勘查的過程中，他發現有少數民族在當地種植罌粟和稻米，更驚奇的是還有一整片茶園！

李金堂本是做茶葉生意的商人，對茶葉頗有研究，這裏的老茶樹

茶葉種植的輔導成功，改善了泰北難民村居民的經濟，
也開啓了他們落地生根的新生活。

是野生大葉阿薩姆紅茶，雖然無法做出精緻茶葉，但好照顧，無須施肥；尤其這兒的森林美麗，還有一條小河流，飲水灌溉都不成問題，是個怡然的居住環境，於是問地主肯不肯賣茶園給他。

「茶樹如果你想要就送給你，我留下的小茅屋一間、豬兩隻以及一匹馬，希望有人可以接管，就兩千泰銖吧！」

李金堂牙一咬，買了！當時的他沒想到，這一個買賣，甚至也買下扭轉人生的機會。

茶葉採收後，必須經過萎凋、炒菁以及揉捻等過程，但早年泰北哪有機器？李家製茶一向以人工爲主，李開明就是小工之一。

「製茶都是靠手揉，但茶很多、揉得很累時，我就用腳去踩，我以前揉茶很厲害，唯一缺點就是不洗腳的。」原本杯緣已靠在唇邊的一杯熱茶，害得我們喝也不是，不喝又沒禮貌，李開明又進一步說：「以前沒衛生觀念，穿南洋鞋又會臭腳，直接採上炒菁過的茶，燙得香港腳都沒了。」

「怪不得喝茶的人總會將第一泡茶倒掉。」我說我終於懂得茶道的博大精深，原來是有「內涵」的。

手工做的茶並不精細，粗茶的價錢可想而知低廉，一公斤不過才十一泰銖，常常換幾包米和鹽巴就沒有了。

「後來救總給我們好品種的金萱，並請農業專家來教，還送一套製茶機給我們，精緻茶葉才漸漸做起來，收入也就不可同日而語了。」李開明說，父親當時經營茶場其實並不爲自己，由於茶葉工作繁複，需要人力；隨著茶園愈擴愈大、製茶技巧愈來愈精緻，需要的工人也就不斷要增加，「所有跟著我父親來這裏的人，都有工作做，都有飯吃。」

以前，明利村又稱老李村，源於帶著大家謀生存的李金堂，在村內，大家都敬愛地喊他一聲「李大爺」。

李開明帶我們到他的茶場去，手指著三部老機器，揉捻機一臺、乾燥機兩臺，他要我們看清楚上頭的浮雕。上頭寫著「和榮鐵工廠」，這是一家臺灣的工廠。「我們的茶來自臺灣，機器也全都是用臺灣的機器，到現在都一樣沒變。」

「為什麼？」

「第一，我們是國軍後裔；第二，臺灣機器耐用！」

這句話可非空口白說，這幾臺機器是一九六一年運送過來的，至今還在發揮它們的功能，尤其是揉捻機，沒壞過一次！

「這三臺都是拆解之後用大象運進來的。」李開明走到乾燥機旁，說：「這要用四隻大象，乾燥機比較大，要動用到七隻象。」

現在的乾燥機大多使用電力，眼前這臺老式乾燥機仍使用柴火，李開明解釋說，茶葉經柴火烘焙，有一股特殊香味，是機器取代不來的，也是他堅持沿用老機器的原因。

目前李開明擁有一千多萊的茶園，不僅足以提供村裏幾百人的工作機會，茶葉大多出口大陸，「對大陸來說，臺灣茶種品質好，價錢可以賣得很好。」不僅如此，李開明也做茶做到大陸去，三年前到雲南家鄉去投資。

之後，我們回到翠峰茶莊，張雲龍告訴我們，他家第一座茶園在海拔一千多公尺的漂排村，有三百多萊，「山上跟這裏每年的總產量大概十二噸，九成五以上都銷往臺灣，還賣不夠呢！」

「當年我們也是種老茶樹，後來龔團長拿臺灣苗來，要把老茶樹砍掉才有地可以種，我媽還哭呢！結果才兩、三年，全都回本了。」

下午近五點，清爽的風開始變得涼冷，朱成亮不得不起身向我們告辭，「我得送工人回他們家去了。」

「這些工人都是少數民族，跟以前都不一樣了。」張雲龍說：「以前在地裏都是華人。」

我懂得他的驕傲。

站在祖先牌位前，李開明持香禱念。如今李開明所居的明利村，無論是居住、茶園及中文學校，都是上一代開疆闢土的成果。

多年來的變化，讓泰北的華人開始不一樣了，以前的他們是面朝黃土背朝天，即使勤儉勤懇，仍舊生活苦哈哈，但是現在再來看泰北的第二代、第三代，許多人都大有成就。

離去前，我回頭張望著翠峰茶莊，這座泰北數一數二的茶莊，耳邊迴盪著朱成亮說的一句話，「龔先生雖爲那四百五十株茶苗奔走不停，但非常值得！」

扎根教育

克難辦學

隨著中國大陸經濟持續發展，華語成為全球第二大語言，就連出口及旅遊業興盛的泰國，也自中小學起就普遍開設華語課程，有些學校甚至列為必修課。中文，一夕之間變得炙手可熱。

走訪泰國首都曼谷，除了聞名的孔子學院，各大專院校也都設有中文學系，來到北方的清邁、清萊等地，中文學校更是遍地開花。

根據泰北文教推廣協會統計，僅是清邁、清萊兩府，就有九十二所提供中文教育的中小學，而這些小學遍布在各個華人軍隊所建立的村落中，依照村落與學校比例來看，幾乎每個華人村都有一間中文學校。

眼見今日的華文熱，從小在難民村長大成人的華人子弟顏協清笑

一九九四年四月下旬，慈濟團員初訪泰北，來到清萊府光華小學；得知因父母外出工作，許多學童必須一邊上課，一邊照顧年幼弟妹。

（攝影／黃錦益）

著說：「以前孩子埋怨，別的同學從泰文學校放學後就可以去玩，但他們卻得要到中文學校繼續上課，感覺念了也用不著。」

時代遷移、歷史更迭，一再影響著這群孤軍後裔的發展，他們從撤退、打仗到安定，無論路程多麼崎嶇，生活多麼刻苦，只要在一個地方能停留上一、兩個月，學校就因應而生。

人們常說，語言是民族的命脈，顏協清對此毫無存疑，「數十年來，因爲征戰，我們被迫離開家鄉，但只要中文不斷，我們的根就永遠都在。」

來到清萊府茶房村顏協清任職的光復中學，談話到一半，辦公室來了幾位工人，運進一臺新的影印機；身爲校長的顏協清解釋，要換這一臺新的，可是百般掙扎。

「之前那臺已經有八十多萬張的印量，修了兩次都捨不得換，這次是眞的不能動了，才咬牙換掉的。」光復中學不是沒有經費，但造就校長如此勤儉精神，正是過往那段不堪回首的歲月。

六十年前，當顏協清的父執輩們隨著軍隊在泰北山區落腳後，便在各個村莊一角清出空地，搭起一間又一間的草房教室；學齡孩童拉來家中矮凳，拿幾塊木板釘張桌子，就是讀書識字的學堂。

「這不是說說而已，我可還保有證據呢！」談起當年的克難，顏協清走進住家倉庫搬出一張小桌子，那是四十多年前念書時，鄰居幫他釘的。

桌子結構完整，然而近眼細看，木板粗糙，桌面因接縫空細大而不平整。顏協清笑說，這用來放書可以，要寫字可得再找本書墊著，「在當時，能有張桌子已算是奢侈了。」

顏協清回憶，當時學校什麼都沒有，冬天入夜早，學生還得輪流提煤油燈到教室，透過豆粒大小的微光，才能看清老師在黑板上的書寫。克難的不只是硬體，師資來源更是難題。

「有點知識的軍人就是現成的老師，但有學識的人不多，山區道路又不通，也無法從外面聘請老師，一位老師同時教兩、三個班級是常態。」提起過去，顏協清也不得不坦白：「老實說，眞的是誤人子弟，但那個時代背景，能有位老師教個幾分鐘都是萬幸。」

難民村生活普遍困苦，許多學生連一個月二十泰銖的學費都繳不起，但大多數學校仍是寬容，「辦學原本就不是爲了賺錢，而是要延續中華文化；只要孩子們肯學習，學校咬牙也要收。」語末，顏協清心痛地說：「但是也有些家庭因爲臉皮薄，就讓孩子輟學了。」

學費來源不穩定，相對就縮減老師的薪資，一個月能拿到四、五百泰銖已經很不錯，老師們通常仍得到地上做農活；若遇收成時節，十天半個月都得停課；倘若遇到老師辭職，停學三、五個月都不算長。

經濟與師資問題，連累學童教育，以顏協清爲例，他念完小學時都已經十六歲了。

一九九六年，慈濟為昌龍村興建水泥磚房，有感於村內中文學校校舍破敗，隔年又為其興建教室。

另一位國軍後裔李開明，也對當年那段艱辛的求學路，印象深刻。「當時哪來課本？都是讀古文，老師用毛筆一本一本地抄寫給我們。」由於師資並非科班出身，教的都是腦袋裏還記得的古文，李開明印象中，光是《增廣賢文》就足足念了兩年。

「每天都背，頭還要跟著搖擺。」那篇文章就像刻在李開明腦海裏一樣，說著便忍不住吟誦起來，「昔時賢文，誨汝諄諄。集韻增文，多見多聞……」

寫中文、學算數，並透過老師的一字一句，勾勒中國五千多年的歷史足跡，所以即使李開明離開雲南家鄉時，不過是個八個月大的小娃，對故鄉與民族的認同卻猶如已經在那裏住上一輩子般深厚，「當時讓我們學中文，不是眞的要讓長知識，而是讓我們能說中文、認識中國字。」

李開明拿起桌上的清茶，啜了一口潤潤喉，「說白一點，當初我們仍然抱持希望，盼望著總有一天能夠打回故鄉去……」

二〇〇三年，志工前往清萊府滿嘎拉慈濟村關懷，由於父母大多日出就耕作去，老師便想出了「臉塗白粉（可防曬、驅蚊）」的方法，讓父母知道孩子們有沒有認真上學。

（攝影／顏霖沼）

TENNIS

回歸故鄉的心念、中華文化的傳承，難民村即使辦學艱辛，教育仍是村民們最寄予厚望的一方。

這群孤軍及後裔居住泰國幾十年，堅持一村一校地推行中文教育，令泰國官方深感威脅。一九八五年四月十五日，泰國新年過後，政府即嚴禁中文教育，不僅查封校地、沒收財產，還以泰文學校取而代之；中文書籍一經發現，立即沒收焚毀，並嚴禁臺灣的教科書入關。

我們在回賀村時，曾拜訪了查封時期在當地任教的老師李德俊，他手指著村落最高處的學校，說：「現在的泰文學校，以前可是我們的中文學校；我們都是把學校蓋在村子裏最好的位置呢。」

不僅如此，政府還訂立新法規，要申請回臺的學生必須具有泰國身分證，並先完成泰國國民的基本義務教育，才可以「出國留學」。

中文教育的禁止，對村民的打擊很大，卻也更顯堅強；他們接受法規，送孩子們到泰文學校就讀，並以不同方式繼續華文教育。

李德俊拿出一本《聖經》，直說：「這就是我的方法！」

李德俊畢業於泰北回海聖經學院，有感於山區教育匱乏，完成學業後，便自願來到偏遠的回賀村，教小孩學中文。

「那時沒有中文課本，我就拿《聖經》當課本，沒想到之後反而成爲最佳的障眼法。」有幾次，泰國教育官員闖進教室，強制要求李德俊離開，不准傳授中文，只見他氣定神閒，回道：「我是在傳教。」

位於帕黨村的培英中學，相當特別；難民村通常都是先有村再建校，但這個學校卻是成立於建村前。

那是源自於一九七〇年代，帕猛山戰役時，軍隊爲協助泰國軍方對抗異議分子，調派人力上山駐守，但當時對方戰力堅強，他們便有長期駐軍的打算，也逐漸把山下的妻小接上山來，眼見孩子愈來愈多，軍隊一邊作戰，一邊仍派出文官教導孩子讀書識字。

在戰亂時期仍舊堅持教育的學校，如何躲避泰國政府的華文禁令？「學校被沒收後，我們就把學生帶入安養中心；每當官方來檢查時，就說這些孩子都是老兵的孫子，只是來探望爺爺們而已。」培英中學訓導主任郭輔安哈哈笑道：「泰國人怎麼會知道，這兒收容的老人都是沒家眷的？」

躲避檢查的方法，每個村都不盡相同，最常見的作法，大概就如顏協清所屬的光復中學——將學生與老師分散在不同的民宅中教學；更甚者，就是躲在觀音廟、山神廟等上課。老師們各自選擇授課的地點與時間，往往要到月底領薪水時，大家才會碰上一面。

村民們除了暗地裏繼續著中文教學，也聯同爭取華文教育的復興，時日一久，泰國政府明白他們並無造反之意，也就慢慢地解禁了。

顏協清十六歲小學畢業後，就回到學校擔任教職，至今已近四十年，那段長達六年禁止中文的歲月，最教他刻骨銘心，「即使在瓜棚下也要教下去，中華文化傳承不能斷。當時我們一窮二白又沒尊嚴，如果連根都失去了，真的會喪失活下去的信念。」

經各方資源挹注，帕黨村培英中小學不僅教室陳設完善，教材也與臺灣同步，簡陋校園和書本不足的情形已成為歷史。

（攝影／林櫻琴）

泰北各村如今普遍設有泰文小學，但是華人子弟仍在課餘至村民自辦的中文學校學習。

建校波折

中文教育禁止期間，難民村學童就近編入山中的小型泰國學校，然崇山峻嶺、地處偏遠，泰文學校與中文學校面臨相同窘境，都少有老師願意上山；多數學校只有小學部，甚至只開課到四年級，一旦有老師辭職，孩子可能接連幾個月無法上學。

教學資源不豐、師資薪俸又低，老師下課後還得忙著耕田，農收時節中斷課程趕著收成，也是常有的事。

「最可悲的不只是斷了根，還斷了教育的希望。」黃果園村的潘慧萍今日已爲人母，想當年她還在念書時，父母的無奈是可泣不可訴的，「被困在山上只能自給自足，哪有錢讓孩子下山去念規格好一點的學校？」

曾有個九歲的孩子接連請假，一天、一週、半個月……老師家訪時，問孩子爲何沒去上學？只見母親低頭落淚道：「我們沒錢繳學費。」天眞的孩子湊到老師身邊，帶著殷切的眼神說：「我很努力在種菜，菜就快長大，等我拿到市場去賣，就有錢繳學費回去上課了！」

這個孩子不是特例，在當時比比皆是；潘慧萍也是因此失去學習的機會。

儘管山下的路接通了，水電一段段往山上靠近，距離他們最近、規格最完整的學校，至少也要兩、三小時的車程。

教育問題沒有解決，連帶影響的是攸關未來生存的身分問題。隨著法規逐年更動，持有難民證的他們即使能在泰國住下來，卻被限定活動範圍，難踏出村子一步；倘若有身分證，哪兒都能來去自如，孩子可以到鎭上念書，大人可以到城市工作，甚至連大學畢業證書的取得都要有泰國籍。

爲難民村興辦一所規格完整、師資健全的學校，這個想法慈濟基金會副總執行長王端正，在初次踏上泰北時就想過了。

再訪時，救總安排慈濟團員與清邁府府尹見面，王端正向府尹提出興校的想法，並表示慈濟興學沒有任何企圖，學校建成後可交由當地管理，「只有兩個條件，一是給孩子們身分證，一是要安排中文課程。」

當時，清邁府尹沒有正面回覆，翌日才傳來消息，「第一，身分證不是府尹的管轄範圍，是內政部；其二，中文在泰國尚未開放。等於是給我們一個軟釘子。」團員梁安順無奈地說。

一九九五年元月一日，慈濟泰北扶困計畫啓動，當志工穿梭難

居住在清邁府馬亢山難民村的張康明，接受慈濟助學金
及食宿照顧長達十年，完成中學、大學學業後，如今在
雲南會館擔任中文教師一職。

民村進行各項扶困工作，也愈了解深山學童求學的困難與資源匱乏。「扶困計畫只是一時，我們進一步思考，造成困頓的根本是什麼？就是教育。」王端正等人都認爲，雖然時機未到，但絕不輕言放棄興學的念頭。

慈濟先透過發放獎助學金、修建簡易中文教室、提供學用品等，幫助更多孩子回歸校園；另一方面在董事會的支持下，也積極尋覓校地，誓將一時的扶困化爲百年教育大計，「雖然身分證和中文教育不能通關，但至少要讓他們能安心就學，不要再斷斷續續地念書。」梁安順說。

考量山區尋覓師資不易，王端正帶領工作團隊與曼谷慈濟志工，常常一南一北來往奔波，尋找方便難民村學童就學的平地，過程是難以想像的曲折。

沐惠瑛諳通泰語，找土地的事情自然少不了她。她說，當時前後找了不下五十塊土地，不是地方不夠大，就是明明已經談好價錢，地主又臨時改變心意不想賣。

「我看了每一處後，把基本資料以及繪圖傳給曼谷，由當時泰國分會執行長曾昭明來看過認可，才傳回臺灣。」沐惠瑛說，有一天她看了二十幾塊地，開車載她到處跑的同學打趣地問：「如果找到地，你要分我多少？」沐惠瑛回他：「我們是慈善單位，不求回報的。」

後來清邁府芳縣知道慈濟欲尋找土地興建學校，於是毛遂自薦，還無償捐出位於市中心的四十幾萊文教地；那是一塊靠近平地的山坡地，同時也是所有難民村的中心點。

「那塊地周邊幾乎沒有建築，大多是農地，王端正副總親自帶著團隊前往踏勘，回報本會後，獲得上人慈允，我們就這樣定下來了。」沐惠瑛說，慈濟計畫興辦一所小學至高中甚至專科學校的完全教育，僅四十幾萊是不夠的，還得買下周邊的農地。

當時芳縣市市長鞁尼．甘蒙拉吉納（Thanit Kanolrattana）曾協助慈濟處理土地問題，處理年限甚至長達三年！

二〇一二年四月，靸尼才卸下當了十六年的市長，經手過的案件非常多，這筆土地卻是令他最頭痛的，「這是我處理過最複雜的一個案子。」

「當時連同縣府捐的、地方紳士捐的，以及慈濟購買和志工發心捐贈的，總計一百二十三萊。」靸尼說，一百二十三萊土地分屬不同地主，慈濟一塊一塊地付錢購買，「但在這一大片土地中，有一方三十萊的地被分做十五張地契，兩萊做一張，要一張一張地追回來可不簡單。」

由於這十五張地契抵押在全國各法院以及銀行中，靸尼不僅得奔波全泰國一張一張地追討回來，有一塊地被抵押在曼谷法院甚至超過十多年，已不是在現今文件中就能找到，他還特別商請曼谷熟人賣他面子，幫他這個忙。

這三十萊地的風波不僅如此，中間還有一條馬路貫穿，「總不能讓馬路穿過學校，於是又去找土地廳廳長和官員協調，把一百二十三

「九年前就是在這棵樹下，打電話回臺灣給上人，確定了校地。」慈濟基金會副總執行長王端正（右二）說。如今，見證歷史的老樹依舊挺拔在清邁慈濟學校。

萊整合成一塊完整的土地後，才可以把這一條馬路拿掉。」

「我原以爲總算大功告成。」靳尼說當時的他實在太天眞，也沒想到原來人心可以如此貪婪，「慈濟付完所有的款項後，竟然有人跳出來抗議並要提告，因爲那三十萊的十五份土地，每一張地契都同時擁有一到三位主人。」

原來，早期土地廳一位主管，擅自把這三十萊土地分做十五張地契，並讓村民拿此向法院抵押，甚至非法重複給予，從中獲利，因此才會有重複地主的問題。

「我們都知道慈濟的錢來自各方捐款，怎麼可以花冤枉錢？不可能要慈濟再給第二次、第三次錢。」靳尼認爲，雖然是其他官員造成的疏失，但他有責任要扛起所有的問題並設法解決。

三十萊重複地權，至少得多付出一百多萬泰銖，鞁尼哪來那麼多錢？鞁尼沒有錢，但有人脈。他開始奔走協尋當地士紳支援，其中給予他最大援助的，就是本頭公廟的人。

本頭公是泰國神祉之一，類似臺灣的土地公，其中心信徒是一群有錢有勢又善良的人，他們透過信仰結合組織，協助當地弱勢，或是處理急難。

「我到本頭公廟求援，正巧他們在開每個月例行的會議。」鞁尼回憶當時，他向大家說起慈濟購買土地的糾紛後，現場馬上開啓募款。「會議結束，一百多萬也湊出來了。」

後來，我找到本頭公廟理事林命智，問他爲何大家不認識慈濟就肯慷慨解囊，而且還是在短短一個小時內？林命智笑容中帶著嚴肅，「這是應該的。這種事情發生在泰國眞的很不名譽，對我們來說是一種恥辱；況且教育若能在芳縣落實，受惠的是廣大難民村的孩子，是一件極大的功德。」

三十萊土地經過百般折騰，終於解決了。我問鞦尼是否鬆了一口氣？他搖頭表示：「還有十三戶的問題。」

一百二十三萊土地大多是農地，沒有農家，但獨獨在邊角一隅住著十三戶人家，「當時慈濟想以交換土地的方式，一戶給他們一萊地，住家、耕種兼具，還有兩萊預作公共建設用。」鞦尼這可就苦惱了，一下子要去哪裏找十五萊的土地？

找來找去，鞦尼又找上曾經捐出二十六萊校地的橘子園主人蕭煒。了解來龍去脈後，蕭煒表示十五萊的價值約七十五萬泰銖，並問：「錢你要怎麼解決？」

鞦尼告訴他：「慈濟買地蓋學校已經花了很多錢，還要幫十三戶人家蓋好房子，一棟房子要花十八萬……我打算去募款，幫他們把這塊地買下來。」

只見蕭煒思索了一會兒，決定以低於市價賣給慈濟，成就清邁慈濟學校校地的完整。

清邁慈濟學校二期工程啓用，特邀捐助建校的本頭公廟理事們，前來共襄盛舉，感謝他們當年的愛心共聚。

靸尼坐在我前方，雖然我聽不懂泰文，但極愛他說話中那股溫軟的腔調，和藹的圓臉蛋上總掛著笑意，一點兒都沒有從政的官架子；透過翻譯，更感佩靸尼的心胸，我問他：「爲什麼你要這麼做？花那麼大的心血，得不到任何好處，何不叫慈濟放棄，另尋他處？」

靸尼再度揚起他和煦的笑容，懇切地說：「因爲我愛芳縣，雖然我的祖先已經來到這兒好幾代，但追根究柢，我也是一個華人。」

靸尼和慈濟志工爲了土地，整整耗費三年時間，土地問題完全解決時，已是一九九九年。

扶困計畫雖有剩餘經費，但仍遠遠不足以興建一所規格完整的學校，臺灣獻援之外，泰國慈濟志工也發動募款——舉辦珠寶義賣、演唱會義演等籌募建校經費。

爲了早日將建校經費補齊，當時慈濟泰國分會執行長曾昭明，不惜捐出蒐藏多年的古董。

「有一個兩公尺高的古董，非常精緻，是用玉做的花瓶，被一個臺灣人買去，現在放在一座高爾夫球場裏。」太太郭冰如說，曾昭明從年輕就對古董情有獨鍾，只要聽朋友說哪裏有稀奇寶物，不惜搭機去一探究竟，長年下來，家裏都成了古董堆。第一次義賣，光曾昭明捐出的古董，就募到一千多萬泰銖。

畢竟這是第一所慈濟在海外援建的希望工程，身為泰國分會第一任執行長，曾昭明認為自己是任重而道遠。

一九九九年十二月，曾昭明無預警地倒在自家浴室中，檢查後醫師判定他罹患肝癌，還是末期，那一年他才四十八歲。他以為人生還很長，以為可以親手為慈濟清邁學校挖下第一鏟土……

短短時間，癌細胞就侵蝕通遍身軀，一個總是精力充沛的人，開始失去力氣並臥病在床，二〇〇〇年九月，曾昭明知悉自己撐不了多久，向守在床前的郭冰如交代：「以後學校蓋好了，有需要幫忙你一定要幫；經費如果還不夠，就把所有古董都捐出去吧！」

不久，他撒手人寰。那一年，郭冰如才三十六歲，兩個小孩一個五歲、一個七歲，「我以為自己會撐不過去，但是他的話讓我撐下來了。」她把古董稍微整理並相繼義賣，加上來自臺灣與泰國慈濟志工的努力勸募，終於湊足建校經費。

二〇〇二年，清邁慈濟學校終於如願動工。向泰國教育部申請辦校資格時，必須要有法人代表，「泰籍、泰生、大學畢業才能符合條件，我當然是不二選擇。」郭冰如的義勇承擔，也代表未來學校若有任何糾紛，自要當仁不讓。

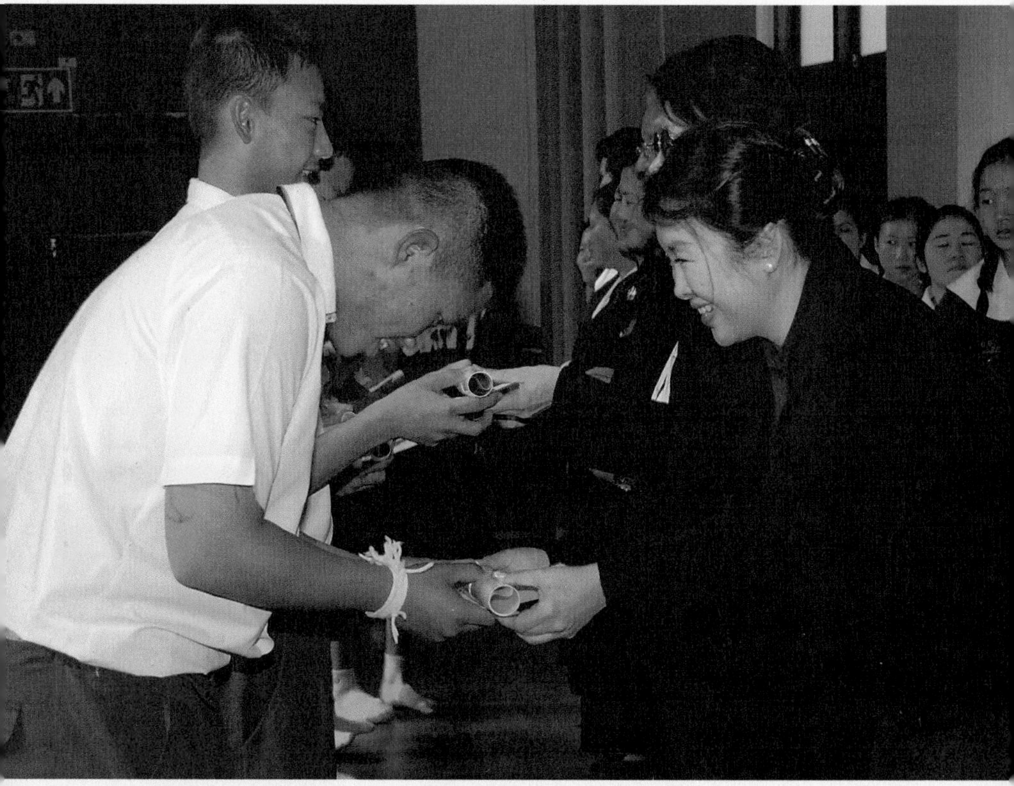

二〇一二年清邁慈濟學校畢業典禮，郭冰如（右一）等志工頒發畢業證書予畢業生。

（攝影／Lek）

扎根希望

二〇〇二年，清邁慈濟學校開始動工。工程如火如荼，當地居民也前來支援，但他們一看到建築藍圖，紛紛感到納悶：「泰國又沒颱風，也沒地震，柱子那麼粗實在太浪費了！」

林美彣提起學校建設期間的這一段插曲，不禁莞爾，「像是在呼應他們的話，不久，雲南發生強烈地震影響到泰北，大家就改口說，慈濟實在太有先見之明了。」

工程不斷地追趕進度，志工也開始奔走申請辦校資格，由於泰國沒有中泰雙語學校的先例，經過四年的奔走，仍不得其門而入，最終只能申請成爲泰文學校，只好在課程中變通，加強中文時數。

清邁慈濟學校工程負責人鄭少儒拉著前慈濟泰國分會執行長陳朝海一同探視工地進度；鋼筋堅實，完全比照臺灣建築規格，厚實的地梁更是泰國一般工程的兩三倍粗。

（攝影／上：林炎煌；下：梁安順）

三年後，第一期小學部工程終告完工，開始招收學童，不僅迎來難民村學童，也吸引當地泰籍學生就讀。

二〇〇八年，我初次抵達清邁慈濟學校，參加第一屆畢業典禮。抵達時已近黃昏，夕陽中，第二期中學工程正在施作，一直到晚間八、九點，沒有孩子的校園顯得靜默，工地傳來的機械聲更顯清亮。一盞挑高的大燈照亮了整片工地，清一色身穿橘色衫的工人來回奔走；他們每天清晨上工，忙到下午五點多用餐，一小時後又要趕工到八、九點。

營造公司負責人鄭少儒說：「爲了趕建教室，最近都是如此。」望著大片的紅土建地，年近八十、身材高大的他，伸出雙臂介紹說：「這裏，就是未來的慈濟中學。」

在山坡地施工，坡度陡峭是工程最困難處，鄭少儒表示，工地高低差有三十米，近兩層樓高，試過許多方法，最後以階梯形式來規畫建地。除此之外，土質特性尤其令人頭疼，表面鬆軟無黏著力，裏面

二〇〇五年清邁慈濟學校小學部開始招生，二〇一二年
中學部大樓完工啓用。

清邁慈濟學校因重視品德教育，而成為泰國教育部人文教育示範學校。

卻硬如鐵塊，如遇大雨，就成一團爛泥。

工地前的主要馬路，逢雨必淹，工程車無法進出，因此在六月雨季來臨前，勢必得趕工完成全部地基工程；但地基又是所有工程的基礎，過程更是戰戰兢兢，大意不得。

二〇〇七年初，中學部即開始招生，並借用小學部教室上課。爲了讓中學生早日擁有自己的教室，工程更顯急迫；怕老機器出狀況，影響工程進度，鄭少儒還特別添購新的挖土機。

「對我來說，這一切的辛苦都會是値得的。」他揮揮手不願再談付出，但我聽得出他的用心，也看見他對這項工程的重視。

做了五十多年工程，鄭少儒從臺灣的西螺大橋、石門水庫、臺中機場，到爲泰國蓋公路，甚至幫新加坡塡海造地，跑遍各國，監工大小工程，就是沒蓋過學校。

環視工地，他拍著胸膛保證，工程絕對有品質，而且是永久保固。再到慈小校園逛一圈，他表情十足，語氣驕傲地說：「這是全泰國最漂亮的學校，旅行社都應該把它列爲觀光景點！」

「我做過很多橋、很多路，就是沒蓋過學校，教育是百年大計，培育未來人才，這麼光榮的事情，我連作夢都會笑呢！」他還發願要繼續蓋到技術學院，完成慈濟在泰北的「慧命工程」。

可惜的是，鄭少儒在二○一二年告別人世，但他的慈濟學校工程並未因此停擺，由小兒子鄭義強與工班繼續接手。

那年六月，我們前往清邁慈濟學校，參加第二期工程中學部啓用典禮。鞁尼在典禮後告訴我：「站在校地正中央一眼望去，那股氣勢不容小覷。」

自二○○八年開始，因採訪記錄，每一年我都會到清邁慈濟學校一趟。印象最深刻的是，二○一○年三月，新學年開始不久，慈濟學校的老師帶著學生來到距離學校兩個鐘頭車程的鴉片博物文史館。

領隊老師彼猜．亞威稜（Pichai Yaviloeng），途中語帶憂心地告訴我，「在泰北，吸毒與販毒問題不曾中斷過，如今甚至滲透到校園。所以，我們特地到這裏舉辦校外教學，教育學生毒品的危害。」

清邁慈濟學校不只單純提供教育，因它所處的地理環境以及時代背景，所擔負的責任更重、更深遠——芳縣地處泰國北部邊境，臨緬甸與寮國，這一帶山區在二十世紀的六〇年代，不僅大量栽植罌粟提煉鴉片，甚至精煉海洛因。至今罌粟花田雖消失殆盡，但毒品的取得與流通仍相當容易；彼猜搖頭說：「學生吸毒或是販毒的案件時有耳聞，這也是泰北各學校最大的隱憂。」

慈濟人因扶困計畫而走遍泰北大小難民村，林美彣深刻了解此地毒品氾濫的情況。「在路上，面容蠟黃、雙眼迷茫，甚至體味不同的，都是吸毒者。」偶爾，問孩子父母在做些什麼工作？孩子只能這樣回答：「有工作，但……不方便說。」

清邁慈濟學校師生至鴉片博物文史館進行戶外教學後，
老師以大地遊戲增進孩子們對鴉片的認知，也藉機教導
正確人生觀。

「孩子是最單純的，我們要給知識去拓展未來，同時也要教他明辨是非。」林美彣說，當初決定在泰北興辦學校之初，證嚴上人曾經告訴他們：「學校不只有教育功能，也能救人。」

另外，清邁慈濟學校是一所私立學校，相對於公立學校，學費自然高出許多。因此，針對有心向學的貧困學童，學校則採取助學方式，使其無後顧之憂地繼續學業。

但據學校統計，創辦至今，家境再貧困的學生，也都會以分期付款方式，慢慢地付清學費。純樸的鄉下人不貪求，能有一間規格完善的學校，讓孩子們好好求學，就已經是滿懷感激了。

即使每一位學生都有繳交學費，慈濟泰國分會每年還是得負擔幾百萬泰銖的日常教務開支；歷年來這筆龐大的金額，都是靠每一位志工彎腰募款而來，雖然責任大、壓力重，但他們正向思考說：「這也代表每年都有很多人在支持這所學校呢！」

如今，學校有二十二個班級、五百九十七位學生；未來隨著人數增加，慈濟人的負擔勢必加重，但他們誓言，無論百年、千年，這股承擔的力量會一直存在，泰國分會副執行長陳朝海也表示：「我們會堅持下去，因爲這一所學校對泰北的教育，是深遠且富有意義的。」

清邁慈濟學校除了幾名從臺灣前來協助辦學的同仁，無論老師、行政人員或是工友，清一色都是泰國籍。

一天在導師辦公室中，聽見有人以中文對談，且是道地的臺灣口音，我尋聲張望，找到了自願飄洋過海來泰北的李宛眞與馮令愛。

慈濟學校一週有五堂中文課，爲了讓孩子習得最正統的華語，學校專程到臺灣招募中文老師，李宛眞與馮令愛笑說：「我們是從臺灣『進口』來的。」

李宛眞從師範大學國文系畢業後，依規定投入實習，教學對象是國中學生，「這個階段的孩子正值探索自我價值與人生意義的時刻，我卻只能教他們課本上的知識，無法分享更多體驗。」挫折感席捲而來，讓她體會到自己的人生經驗實在太少，只能做一個教學生死知識的老師。

「我想給自己一些磨練，挑戰自己，到底能做到什麼地步。」她想，既然要改變，就要不一樣！於是，她踏出第一步，這一步跨得很大——來到了泰北。「有矛盾就會有激發，就像海浪衝撞岩石，會不會激起美麗的浪花？我不知道，但沒試過怎麼能先否定。」

好同學、好姊妹知道她要到泰北教書，第一個反應就是：「天啊！李宛眞，你趕快回來吧！」

無論是學生時期或是進入職場，每逢長假，大家規畫著要去旅遊觀光，李宛眞卻只想著要回家，「我是個戀家的人，卻跑到千里之外。」從大太陽底下進到教室的李宛眞，啞著嗓子笑說她來此教書的矛盾。

孩子學習後給予的回饋，讓戀家的李宛真（左二）義無
反顧留在泰北。

到泰北已經一年多了，李宛貞在矛盾中留下來，她眼神發亮且堅定地告訴我們：「是孩子，讓我義無反顧地留在泰北。」

雖然這麼說，但李宛貞一開始還是有過挫折。尤其水土不服讓她很困擾，明明覺得自己很能適應當地生活，但嗓子就是啞，身體就是會不舒服，身體與心理的反應不能結合。

再者，語言障礙也影響她的教學。雖然接受過基礎的泰文訓練，學生也上了幾年的華語課程，但初來時，雙方的語言都還在打基礎，彼此距離遲遲無法拉近，直接影響教學。「例如他們聽得懂『有禮貌』三個字，但我若再深入解釋，他們就聽不懂了。」

這層障礙，讓她一度不知所措；隨著時間過去，她學會了調適，也找到方法。上課前，學生起立行禮，等每個學生都確實站好，她便開口：「衣服。」學生立刻接：「整齊。」再次整理好自己的服裝儀容後，才向老師行禮問好。「跟老師敬禮不只是一種儀式，是要報以誠敬的態度面對，不用明說，久了孩子自然會懂。」

大人學外語通常有明顯目的，小孩卻只是課程需要；要他們喜歡語言，就必須先提起他們的學習興趣。李宛眞設計小遊戲或團體競賽，幫助學生從玩樂中愛上中文。

「孩子很單純，不喜歡就寫在臉上或反應在動作上。」下課後，李宛眞會思考是哪個環節沒設計好？活動有什麼問題？……她笑說，最累的不是上課，而是花很多時間在設計活動跟做教具。

雖然累，但進步最快的就是自己。「感謝這些小菩薩，讓我成長很多。」現在的李宛眞充滿自信，不復當初那個充滿挫敗的國中實習老師。

泰北地處偏遠，不能與臺灣都市同一而論，李宛眞也曾幻想，如果在臺灣工作，下班後有書局可逛、有藝文活動可以參加，還有社區大學提供豐富的資源可以充實自己，「感覺好像失去很多，但這一年來，我在小朋友身上得到的更多。」

不同於李宛貞的從頭學習，馮令愛早已有華語教學經驗。印度洋海嘯後，她憑藉著在臺灣教過外籍配偶，立即報名，遠赴印尼鄉村小學支援教學。爲期六個月的印尼之旅，讓她驚豔不已，「我很喜歡接觸多元文化，到了海外，視野變得更寬。」

一年前，她來到清邁慈濟學校任職；跟印尼一樣，泰北天氣熱、資源少、學生來自多元民族、地處偏遠……唯一不同的，是這所學校重視品德更甚於學業。「這也是我相當認同的。」她認爲，知識是無窮的，做人的學問也是無窮的，品德絕對至上。

她舉例，以前看過不少學生成績好卻不懂得感恩、尊重，不明白愛人和被愛的幸福；她微微搖頭說：「小小年紀就是如此，我不敢想像他們的未來。」而她在慈濟學校，看到無窮的希望。

禮貌，是泰國人最美的古禮，學校更教導孩子們明白禮貌的深層意義，「讓孩子打從內心散發人文，尤其他們對師長很敬重。」逢年過節，卡片一張張地送來，就連慶生吃蛋糕，也會親手做邀請卡請老師同歡。

面對邁入國中階段的孩子，她的期許不是學業加油，而是做人成功，「人一生的課程，不是數學、不是自然，而是做人，而這也是慈濟學校最精采的課程。」

看著兩位衝勁滿滿的中文老師，詹怡苓在一旁直說：「跟他們比起來，我已經是過去式了。」

二〇〇七年下半年，詹怡苓辭去清邁慈小中文教師一職回到臺灣，考上華文教學研究所再進修。「決定回臺灣，是因爲想充實自己，讓孩子們可以學到更多。」

詹怡苓感性地說，自己是他們的第一個中文老師，而他們也是她的第一批學生，彼此的眷戀都很深。還記得離校前最後一堂課、下課前十分鐘，孩子唱著「感恩」、比手語跟她道別，「這首歌是我教他

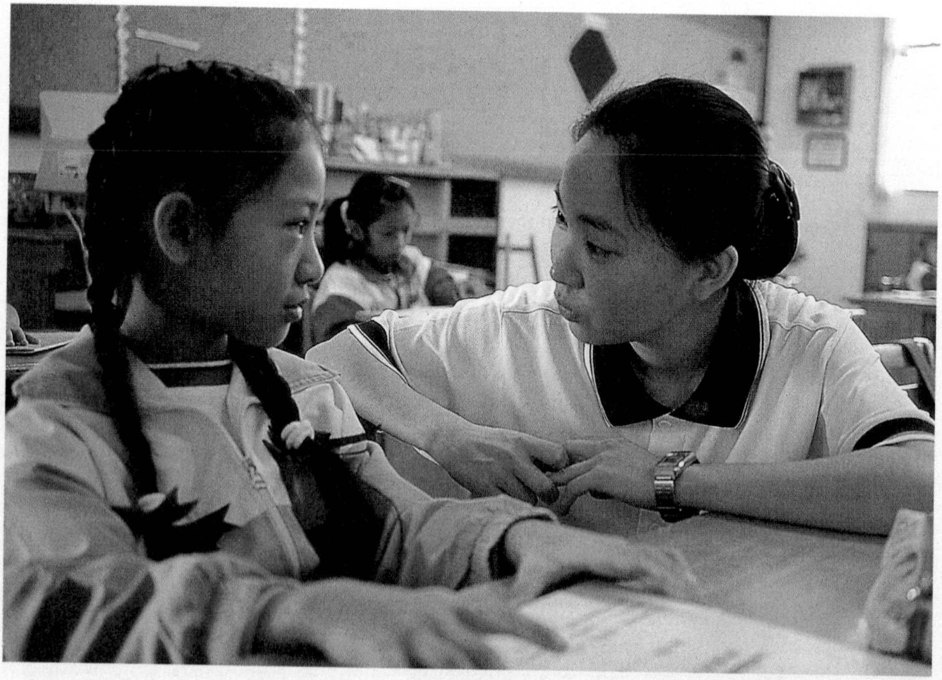

馮令愛教外籍人士學華語具豐富經驗，但她認為學做人才是慈濟學校最精采的課程。

們的，沒想到後來回饋在我身上。」

雖然一直和孩子們有聯絡，或通書信、電子郵件，甚至在網路上聊天，但她無時無刻都在思念著這群孩子。

慈小畢業典禮將屆，孩子透過網路邀她前來；雖然沒給明確答覆，但她悄悄請好假，準時出現在學校。

「回到學校這三天，我跟孩子沒有一天不掉眼淚的。」午餐時間，她將禮物發給每位學生，當坐下來端起碗，她發現碗變重了；原來是小朋友怕老師肚子餓，將飯添到滿。

「三年前，這群學生很純真；三年後，他們學會感恩跟愛人，我覺得他們已經能夠獨立了。」詹怡苓端著飯，感動得難以言語……

師有妙法

我在清邁府山區黃果園村認識韓雨珊，她是清邁慈濟學校的學生。

清晨，韓雨珊坐上一輛廂型車，裏頭密密麻麻擠了二十多人，前座還有幾個低年級生疊坐著；歷經一小時車程，這群黃果園村的華人子弟來到清邁慈濟學校，開始一天的學習。

「慈濟學校不只是給我們教育，它眞的很特別！」下車後，韓雨珊與同學自動整隊走入校門，老師們也整齊列隊跟孩子道早安。當他們進入教室時，級任導師已在教室等候。

「記得有一次，我們班調皮的學生把老師氣哭，當我們到辦公室準備向老師道歉，老師竟然先跟我們說對不起，說是自己沒有控制好

清邁慈濟學校師長總比學生還早到校，帶著微笑在校門口跟孩子們行禮道早。

（照片／慈濟花蓮本會提供）

情緒，應該跟我們好好溝通，以落淚增加我們的愧疚感，是沒辦法徹底解決問題的。」

「知道我說的『特別』是什麼了嗎？」韓雨珊俏皮一笑，很快就說出解答：「就是老師。」

清邁慈濟學校的學生包含華裔及泰裔，來自不同文化與生活背景——由於排華歷史的創傷以及取得身分的挫折，華人後代從小就被訓練成強悍性格；而泰國道德觀念日益淡薄，家庭結構混亂，影響下一代教育；芳縣屬農村縣，父母考量經濟因素，長期至大都市工作，單親或隔代教養比例偏高。

這些學生背景讓學校費盡心神，韓雨珊口中那以禮相敬、以愛教學的慈濟老師，無非就是這所學校最大的特色與資產。

國中二年級導師娃蘭釵雅．妮娣塔儂（Waracharya Nithithanon）提起來到學校面試時，校方對老師的期許，就是要有使命感，「也就是以身為教，用心、用愛把孩子帶好，因為他們都是泰國的孩子，以後都會進到泰國的社會。」

「我班上二十八個孩子就有二十八種性格。」娃蘭釵雅把話說得輕簡；雖然採隨機分班，但只要在導師辦公室一問，其他老師都會清楚告訴我們：「她帶的可是全校最具挑戰的班級呢！」

每天升旗時有五分鐘祈禱，娃蘭釵雅總會閉上眼睛，讓自己的心寧靜下來，「我祈求能有智慧和力量去處理學生的問題。」

她看見帶頭搗亂的孩子具優越領導能力，於是讓他擔任班長，而這個決定也確實提升孩子的責任心；她了解許多父母因爲工作而忽略孩子，導致孩子行爲異常，於是找來家長商量，希望他們多挪出時間陪伴孩子。

班上一個單親孩子，總是打擾其他同學學習，她就扮演起母親角色，關心他的生活，成功打動孩子的心。一天，那孩子問她：「老師，你可以像媽媽一樣抱著我嗎？」

談起一段段教育成功的經驗，娃蘭釵雅拿下眼鏡，內心湧上許多

娃蘭釵雅擁有二十多年教學經驗，她認為唯有以身作則，用心用愛教學，才能帶出好學生。

感觸，「老師應該要用心認識每一個孩子，找到對他最有效的方法去指引和教導；老師也要有很高的包容力，問自己有哪裏不足？光有愛是不夠的，身教更是關鍵。」

教育的抱負應是熱情澎湃，但娃蘭叙雅卻愈說愈失落，「愈來愈多老師只圖一份薪水，對學生的關心愈來愈淡薄。」受過師院嚴謹訓練的娃蘭叙雅，難以接受現今教師在校園內的表現，「有的老師穿迷你裙去上課，甚至還有老師在校園大方地抽菸，眞的很不可思議。」

來到清邁慈濟學校，再次點燃娃蘭叙雅已黯淡的老師魂。「這裏的老師必須穿制服，有趣的是，老師的體育服和童軍服，甚至背的書包，都跟孩子們一模一樣；升旗時，老師也必須和孩子們一起整齊列隊。學校的人文教育理念，支持著每一位老師更用心在學生身上。」

娃蘭叙雅輕聲地說，這些事情或許說來不足一提，「在教育現場二十年了，我深刻了解到，環境的薰染不只對孩子影響深遠，對老師也是一樣。因爲有愛的老師，才能教育出幸福的孩子。」

說起學校裏的調皮蛋，老師們異口同聲說，第一名非普平．差灣披（Pooping Chawanpicth）莫屬了。因爲這一句話，讓我禁不住想去拜訪普平的母親，請她談談自己的兒子。

普平媽媽不好意思地掩口笑說，老師三天兩頭就來告狀，常常讓她很氣惱；七年前的一個晚上，她在夜市看到一份傳單，那是清邁慈濟學校招生簡章，「當我看到這所學校的校訓是『慈悲喜捨』，我就知道這是普平所需要的學校。」

有朋友勸她：「這是一所全新的學校，你要不要再觀察看看？」普平媽媽未曾到學校看過環境，就毅然決定幫普平轉學。

恭甘瑪妮．薩塔娜喜麗（Konkanmane Saktanasiri）是普平轉到慈濟學校後第一個帶他的導師，她憶起有一次普平跟同學在下課時起口角，上課後他不顧老師正在講解課文，走到那位同學的座位取走書包，將所有東西倒在走廊上，又默默回座位上課，好像什麼事情都沒發生一樣。

「他是一個很難控制情緒的孩子，如果看他交來的作業寫得很潦草或是刻畫得很用力，就知道他心情不好。」恭甘瑪妮細數著普平的「豐功偉業」：「弄壞同學的東西、在同學座位上放圖釘、拿刀傷害人家、對老師講話非常不客氣等，數也數不完。」

一次，普平拿刀劃傷同學，輔導老師的處理方式是用刀切劃蘋果，並問他：「刀子那麼銳利，若劃在皮膚上會怎樣？是不是會有傷口？想想看，以前你受傷時，傷口帶來的疼痛是不是很難受？」

普平的媽媽肯定老師的勸導方式，「慈濟老師不威嚇小孩，以溝通和教導的方式，讓孩子了解自己做錯了什麼。」

普平從小學部畢業後，打算直升中學部，當時學校特別為他召開個案會議，考慮他的去留；而力保他繼續留下來的，是三年來為他傷透腦筋的恭甘瑪妮。

我問恭甘瑪妮，為何要力保一個令師生都頭痛的學生？她語氣溫柔說：「透過家訪了解到，普平幼稚園時被送到寄宿學校，直到小學才接回父母身邊，那段時間的缺愛，造成普平內心很大的創傷，才會用搗蛋的方式來吸引別人注意。」

「若離開慈濟，他校的同學會和這裏一樣包容他嗎？老師會對他有耐心嗎？」恭甘瑪妮憂心，並以此說服學校，普平也得以直升。

如今普平已經國中三年級，老師們說他很穩重，即使有人挑釁，也不以爲意；同學說他很熱心，下課後會幫忙老師收拾教具；媽媽說他很孝順，只要她開車回到家，普平就會從房裏出來幫她提重物。

有一次，曾教過普平的老師遇見他，發現他變得很不一樣，特地跑來慈濟學校問：「你們是怎麼讓這個孩子改頭換面的？」

恭甘瑪妮開玩笑地說：「當地人都表示，如果有難教的孩子，送到慈濟就對了。現在我們眞的該頭痛了。」

走進泰國學校，你會發現老師們通常以「孩子」來呼喚學生。這個口語習慣，對於慈濟學校歐若婉．嬌芙（Orawan Keawfu）老師來說，是現實生活的體現——五年前，由於學校宿舍還在建設，她受學生家長之託，陸續接了六個孩子和她同住，照顧他們生活起居。

硬著頭皮答應家長的那天夜晚，她緊張地問先生：「我沒養過小孩，現在竟然要去養別人的孩子？」但先生鼓勵並支持她：「沒關係，你怎麼養，我就跟著你養！」

「雖然沒有養兒育女經驗，但我終究是一名老師，對於教育還是有辦法的。」歐若婉談起「收養」學生的經過，並邀請我們晚上到她家一探究竟。

放學後，跟著歐若婉來到距離學校僅十分鐘車程的住處，融合傳統與現代的泰式高腳屋蓋得很紮實，一入門就是寬敞的客廳，旁邊放著一部電腦，兩旁就是孩子跟她與先生的房間。

葉語青見我們來訪，快手快腳地到廚房端水出來招待，歐若婉說她是第一個住進來的學生。

葉語青笑容燦爛說，老師跟他們一起制定生活公約，若他們沒有遵守，老師不會大聲罵人，卻會用更震撼的方式，讓他們不敢再犯，「比如我們亂丟東西，老師就會默默的把那個東西丟進垃圾桶。」葉語青話還沒說完就開始大笑，「你說，老師這樣是不是很有創意？她讓我們知道，東西亂放就代表不珍惜，形同丟棄。」

歐若婉在一旁解釋，她認爲好習慣應該要內化，而非遵守規矩就好；有次學生放假回到原生家庭，家裏有個聚會，學生的母親細心發現，大家都是脫了鞋直接走進去，只有孩子脫鞋後還蹲下來，將鞋尖向外整齊放好，「當時媽媽特地打電話給我，感謝我把孩子教得那麼好。我第一次感受到，原來養育孩子的成就感是這樣的滋味。」

問孩子們，跟老師住在一起難道不會覺得很拘謹嗎？他們你一言我一語地搶答，「老師的家就像自己家一樣，她是世界上最棒的媽媽！」

當他們功課寫不完時，歐若婉會陪他們一起寫，即使到半夜仍堅持陪伴；當女孩們面臨成長發育階段，歐若婉細細叮嚀該如何保護自己；前一陣子流感，語青先發病，歐若婉就搬去跟她一起睡，好在半夜能定時起身幫她擦汗、補充水分。

有次，孩子們在看歐若婉的家庭相本時，記下了在婚紗照上的結婚日期。那一年歐若婉忙於校務，忘了結婚紀念日，孩子們細心地替他們夫妻準備蛋糕。

「爲了有驚喜感又要製造浪漫氣氛，他們還關掉電燈，說是剛剛村裏廣播會停電。」當蛋糕一端出來，六個孩子大聲喊著：「結婚紀念日快樂！」歐若婉不禁感動掉淚，「他們就好像是我的親生孩子，在爲爸爸媽媽慶祝。這是我最完整的結婚紀念日。」

隨著年歲的增長，擁有自己孩子的夢似乎離歐若婉愈來愈遙遠，但上天以另一種形式送她六個孩子。

「和孩子們相處慣了，第一次當他們放假回家與爸爸媽媽團聚時，我先生獨自站在客廳，舉止間有一種很無措的感覺；我問他怎麼

對這群離家在芳縣求學的孩子們來說，歐若婉是稱職的母親；對沒有孩子的歐若婉來說，這群學生是上天送給她的禮物。

了，他說：『我覺得沒有孩子的聲音，一切都變得好奇怪……』」

歐若婉笑說，原本以為那個假期會很難熬，但當想念開始蔓延時，一通接一通的電話從曼谷打來，馬上填滿思念的心。「有時候他們打來問我在做什麼？放假了沒？吃什麼？」歐若婉的笑容是滿足的，因為孩子也把心放在他們夫妻身上。

這一天來訪的並不只有我們，王貞莉的父母也來探望她。

「師生間這樣的好感情，家長會吃醋嗎？」王貞莉的父親用力地搖搖頭，「不，我反而覺得孩子跟老師住一起後，跟我們的感情更親近了。」孩子在轉來清邁慈濟學校之前，是在一所住宿學校上學，當時若非他們打電話給孩子，很少會有孩子的消息；但現在孩子會主動打電話來關心，「如果知道我們生病了，就會每天打電話來；當我來這裏探望他們，還會問我車程累不累。」

「歐若婉老師照顧孩子比我們還要仔細。」王貞莉的父親雖然遠在曼谷，但把孩子交給歐若婉，他相當放心，也感動竟有老師不只願意幫家長教育小孩，還甚至接手帶小孩，個性開朗且逗趣的貞莉爸爸笑著說：「慈濟學校把老師帶得眞好！」

清邁慈濟學校地處偏遠，一開始招聘師資，多半是年輕、沒有經驗的老師前來服務；校方積極接洽鄰近的清邁大學，期待教育學院的教授能協助老師在職進修。

「我聽到這個消息時就想，臺灣人爲何要到這裏辦學校？」時任清邁大學教育學院教授的朱塔拉．巴灣信（Chutarut Borwornsin），上網了解這個臺灣的慈善團體，「我非常的感動，並答應前往職訓，唯一的條件就是不要收鐘點費；臺灣人奉獻泰國教育，我是泰國人，連協助他們幫我們的孩子做教育都要計較？」

幾年來不間斷地往返清邁市區與芳縣義務授課，二〇一〇年十

水燈節慶祝活動上，朱塔拉校長跳著傳統舞蹈；愛笑的
她，期許清邁慈濟學校是個有愛有笑的美麗校園。

月，朱塔拉在屆齡退休後，又毅然接下清邁慈濟學校校長之職。即使在家長與學生眼裏，慈濟學校的老師對學生的用心無庸置疑，但朱塔拉卻有更嚴格的標準——

甫上任時，巡堂繞了一圈後，她召集老師開會，「爲何老師上課的表情都那麼嚴肅、沒有笑容？這不是慈濟的老師。」升旗典禮有學生來不及參加，老師在臺上訓誡，會後她再次召集老師，「你們訓誡的對象應該是遲到的學生，而非站在臺下的孩子呀！」

朱塔拉的用心來自於細心，嚴格卻不嚴厲的背後是深深的期待，期待老師更上一層樓；最大的受惠對象，當然就是學生。

芳縣，以泰文發音也稱爲房縣，語意爲「扎根」。清邁慈濟學校是一所臺灣人創辦的學校，雖然如此，但它不分文化種族，只堅持著教育的根本——愛。

願用愛培養學校的每一個學生與老師，也願用愛，將希望種子深深扎根於此。

校園各處乾乾淨淨，沒有紙屑，窗臺也不見灰塵；一位將升上五年級的孩子說：「我很喜歡學校，所以都掃得很乾淨。」

（攝影／Phiraphol）

心靈豐收

清邁慈濟學校聳立在田野間，相當醒目。學校首重推廣道德人文，對孩子除了愛與包容，品德教育也相當嚴謹。

泰北經濟環境普遍不佳，有些學生覺得家境不如人，習慣抱怨和比較。爲了引導正確的價值觀，學校每學期安排學生參與志工活動，讓孩子到感恩戶家打掃關懷、到熱水塘安養中心陪伴老人家。

「他從小獨立，個性也硬得像牛，不會爲別人想。現在已經好了百分之七十！」白志達的母親，發現兒子漸漸轉變；白志達則說：「參加志工活動，幫老人家按摩、換床單，我覺得很開心，也才了解付出是很快樂的事。」

老師帶領學生走出校園，關懷感恩戶；孩子們見苦知福，更懂得知足。

（攝影／王珮甫）

另外還有一堂課最讓我印象深刻，校方稱這堂課是「大愛農場」。爲了讓孩子了解故鄉的文化與生活方式，並體會農人的辛勞；二〇〇九年起，學校開闢後山荒地，讓小學一年級至國中三年級的學生，從耕作中學習。

擁有一百二十三萊，約二十甲土地的清邁慈濟學校，含小學部、中學部以及辦公大樓，僅占一半面積；後山坡那一大片土地成爲師生的「開心農場」——小一至小四的學生從最簡單的培植花卉開始，五年級學生種番薯，六年級學生種植玉米，國一生栽種花生，國二與國三的孩子則負責最困難的旱稻栽培。

學校限定學生從開墾至收割，皆以「純手工」取代機械，這可苦了國中二、三年級的學長與學姊，因爲他們一組十三個人就要負責一畝田地，開疆闢土眞是一大挑戰。

「這裏的土非常硬，雜草長到小腿肚，又要翻土又要除草，眞的很辛苦。」國三學生張綺悅苦笑著說，不僅如此，就連挖渠道、搭休息草棚，樣樣都得自己來。

在最炎熱的夏季耕種雖然辛苦，斗笠下那曬得紅通通的臉就是興奮，張綺悅說：「很有趣呀！看著作物一天天成長，那股成就感是無法形容的。」

老師在「大愛農場」這堂課，僅是提供意見的陪伴角色。出生農家且負責旱稻課程的領隊老師帖翁甘．伊翁（Tepworakan Inon）說：「我會告訴他們該怎麼做，或是提醒各個階段需要注意什麼，他們得自己去討論該如何具體實行。」

樸質的帖翁甘有著農家子弟黝黑的肌膚，手上的厚繭看得出勞動的痕跡，對於「大愛農場」課程的開辦，他不好意思地低下頭說：「一開始，我對孩子們實在沒有信心。我是體育老師，上體育課的時候，孩子都不喜歡活動。而種稻所需的勞力與心力絕對比體育課還要沈重，我很懷疑他們是否可以做到最後。」

令他感到意外的是，播種那天突然下起大雨，他準備將所有學生撤回教室，沒想到學生竟自動躲入小小的稻草棚裏，待雨勢稍微小一點，就紛紛央求他：「我們可以繼續回去播種嗎？」「老師，我們想繼續完成。」

帖翁甘笑著威脅他們：「如果感冒了，明天不准請假喔！」學生們揚起大大的笑容，趕緊戴上斗笠，繼續回田裏工作，播種完，還止不住興奮的心情，做起稻草人。「望著全身溼淋淋的孩子們，他們的堅持與毅力讓我很感動。」

稻田必須勤除草，才不會降低稻米品質；在不影響課業下，學校僅安排一次除草，並規定若無老師帶領，學生不能擅自到後山；「常常看到學生偷偷跑上去，我就要把他們抓回來。」一次、兩次、三次，學生心繫自己的農田，甚至還會在上體育課時央求老師：「今天我們去除草好嗎？」

這個新奇有趣的課程，讓學生身體力行投入其中，也明白活動眞正的含意。張綺悅說：「種稻，不僅是體會農作樂趣，它最深層的意義，是藉由農作來體會早期農村社會的互助精神。」

播種時，男生以竹竿戳洞，女生則跟在後將稻種撒入洞內；打稻時，男生用打稻棍將收割下來的稻桿緊緊捆住，大力甩向木板，讓大部分的稻米得以脫穀，女生再以木棒將稻桿上的餘穀脫乾淨。

夕陽餘暉下，學生們頭戴斗笠，手上戴著袖套，有條不紊地分工合作，偶爾自己的農事提前完成，還會去其他人的農地幫忙；被幫忙的學生，會在工作結束後，拿來香蕉葉包裹著的甜點以表達感謝。張綺悅說：「這是泰國農人的傳統習俗，表示主人家對於被協助的感謝之情。」

帖翁甘回憶道，以往家家戶戶務農，不只做自家的事情，相互協助與幫忙是泰國農家最引以爲傲的心靈美德，「社會進步太快，人與

遞上一份用香蕉葉包裹著的甜點，也遞上一分感謝，感謝對方協助農收，這是泰國農業的傳統美俗。

人之間互動的情感愈來愈淡薄，所以我們也想透過這個課程來教導學生，恢復傳統美德。」

依循泰國的農業傳統，農人收成後的第一碗米飯會拿到寺廟供僧。在供僧前半個月，清邁慈濟學校的開心農場揚起豐收曲。

學生將脫殼的白米倒入米袋時意外發現，米袋上寫著：「百分之百茉莉香米。」連同老師，也不禁笑開懷。因爲茉莉香米是泰國最頂級的水稻，雖然學生種的是旱稻，收穫成果也不如專業農人豐厚，但對他們來說，完全沒有仰賴機器，每一粒米都是雙手努力下的心血結晶，比茉莉香米更高貴。

一畝地僅收成三十斤，帖翁甘無須扳指計算，就知道是否能夠回收成本，「若論成本，肯定是虧損的；但如果是計算學生的心靈收成，絕對超值！」

語文優勢

在禁止中文教育的年代，孤軍及後裔爲了不中斷中華文化的根，吃盡了苦頭；像是密撒拉村中文學校校長楊世順和太太，就利用幾年攢下來的錢，買了一部車，夜晚接送孩子們到學校上課，即使再怎麼辛苦，也咬牙堅持下去。

誰也想不到，才幾年的光景，隨著臺資大量湧入泰國，中國經濟力掘起，中文一夕之間變得炙手可熱。

六年前，顏協清曾經參加一場泰國教育部舉辦的會議，討論議題即是華語課程的發展與展望。會後，他聽見隔壁桌一位校長說：「只要有老師肯來教中文，我們學校的月薪可以發給一萬五千元泰銖！今

位於清萊府茶房村的光復中學，是泰北地區第一所合法申請的中文學校。學校中文老師大多來自臺灣，也有大陸籍教師，師資陣容相當堅強。

天不教中文，根本走不出去。」一萬五千泰銖，差不多是當時一般教職薪資的一點五倍了。

顏協清聞言，內心有諸多感嘆與唏噓，「想當年，我們都是偷偷摸摸、毫無尊嚴地在學中文；一到公共場所，就像啞巴一樣，連一句華語都不敢說。」不過十幾二十年光景，誰能想像大環境的變化猶如鹹魚翻身，迴旋地又急又猛。

如今在曼谷的工廠、公司，精通中泰文的人通常能獲得豐厚的報酬，顏協清說，「只要會說中文，即使僅是高中畢業，也能獲得與大學生相當的起薪。」

「現在只要在車站看中文報紙，就會有人走過來問：『你是在哪裏學中文的？有沒有老師願意到我們這兒來教中文或是開分校？』」顏協清所在的光復中學，更時時接到曼谷地區打來的電話，希望能夠派幾位老師前去支援中文教學。

顏協清例舉學校的兩位老師爲例——有一位老師每週一天下山教

凹凸不平的書桌，是顏協清對華文受禁的記憶表徵；如今華文教育掀起熱潮，他既是感慨又充滿感謝。

中文，一個月即能賺到五千元泰銖，還能額外領取兩千泰銖車馬補助費；另一位主任兼任兩所學校的中文教職，一週不過三天課程，就能賺取一萬四千泰銖，再加上光復中學的正職薪資，累計就能領取兩萬多泰銖。「這在山上，可是一筆不得了的數目呢！」

九年前，顏協清看準了全球中文熱，利用每年四月長假開辦中文班課程，招收泰國各地的學生，一個月的課程收費八千，每次都能吸引上百名學生報名，甚至有人遠從普吉島而來。

「泰國教育部很支持我們這麼做，還頒發『教學技術特等獎』表揚。」顏協清放鬆地往椅背一靠，「誰能預料到有今天呢？」

遍布在泰北山頭的這些中文學校，像光復中學這樣合法立案的不過四所，其餘雖不能以正規學校論之，僅能算是中文補習班罷了，但隨著中文興起，師生境遇已不可同日而語。

中文優勢，受惠的不只是教師而已。

一天，我們經過茶房村，在當地雇車要前往滿嘎拉村，幫我們開車的司機二十四歲，是家住茶房村的青年賀生泰。

談起教育，賀生泰大呼當年真是太辛苦了，「早上五點半要去念中文，六點五十分回家吃早餐，又得趕去泰文學校；四點四十分放學，五點半又要去中文學校念到七點半……」賀生泰笑說：「大人們忙到連吃飯時間都沒有，我們是念書念到沒時間吃飯。」

問賀生泰可曾想放棄學中文？他搔搔頭不好意思地說：「當時覺得念了也沒用，泰文學校又不考中文，是曾這樣想過……」

「兩年前我到臺灣的工廠當翻譯，一個月薪資一萬七千元新臺幣，直接給現金；當大把鈔票捧在手上，我不敢相信自己才高中學歷，就能擁有那麼多。」最近賀生泰剛結束掉那份工作返回泰國，但在我們談話半個月後，他又要飛到臺灣做另一份薪水近三萬的工作。

賀生泰拍了拍座車的方向盤，眼睛閃著驕傲，「這一臺車要八十六萬泰銖，雖然是分期付款買的，但到臺灣賺的工資讓我足以應付這一切。」沿路上，他滔滔不絕說著夢想，「賺夠錢後，我想回來蓋民宿；蓋一間房子要十萬泰銖，我打算蓋十間，再拚個十年就差不多可以退休了。」

賀生泰是孤軍後裔第三代，我問他，不想留在臺灣生活嗎？他堅決地搖搖頭：「這裏才是我的家。」

相對於顏協清、李開明這些第二代人，賀生泰出生不久就歸化泰籍，當時國際情勢大勢底定，返回中國故里已是遙不可及的夢想，因此他們這一代對中華文化的情感也相對淡薄。

初識賀生泰時，他要我們叫他阿華就好，這是爺爺給他取的小名；有趣的是，賀生泰這個名字也是爺爺替他取的，「顧名思義就是生長在泰國，可是爺爺希望我不要忘記自己是華人。」

但賀生泰真的有符合爺爺的期望嗎？「爺爺跟爸媽都會講以前在家鄉的事情，但是我生長在泰國，從小結交的大多是泰國朋友，我覺

在泰、華教育文化交融下，華裔後代賀生泰擁有同輩所不及的語言優勢；開著新車，年僅二十四歲的他對未來充滿自信。

得自己是泰國人。」

當年，老一輩爲了延續中華文化，堅持中文教育，甚至還盼著哪一天能夠回到家鄉；如今到了第三代、第四代，學習中文早已不爲民族情感，而是爲了要立足社會，這個社會是自小出生成長的泰國。我想，這或許是祖輩們所不能預想的結果。

面對第三代與第四代逐漸泰化，像顏協清這些第二代人難免心中有些疙瘩，但也明白現實與理想的差距，「我們這一代就知道回不去了，他們這一輩只希望能脫離過往所受的苦，一步步往上爬；能過上好生活、有尊嚴地活著，就已經心滿意足了。」

年輕時，顏協清在難民村普遍窮困階段，一天睡不到四小時勤奮工作。他永遠記得父親問他爲何要如此拚命時，自己所回答的那兩句話：「我們在黑暗裏過太久，總要有天亮的一天。」

如今泰北難民村可已天亮？顏協清神情堅定：「以前我們苦，但不願意低下頭來；現在我們是抬頭挺胸地看向前方。」

否極泰來

認養計畫

泰國北方清萊府、清邁府山區，在這支國軍部隊入駐之前，雖然蠻荒，卻非無人之地，散居著阿卡族、蒙族以及甲良族等少數民族。原始山區村落，放眼望去盡是土黃色的茅草屋，若非冉冉炊煙升起，眼前景致彷彿定格在歷史洪荒的一角。

深山交通不便，居民靠種菜、植稻自給自足，過著沒有收入也沒有商業交易的生活。當地教育資源僅到小學，老師們多半是少數民族，許多連泰語都說不完全，加上師資流動頻繁，教育品質堪虞；多數孩子小學畢業就隨父母下田，終其一生受困於原始貧窮的山區。

其等待助援的急迫性，並不亞於孤軍。

慈濟志工初訪瓦保寺，見被收容的孩童食宿狀況都不理想，而開始長期關懷。

（照片／慈濟泰國分會提供）

家住清萊府、擁有阿卡族血統的查那沛．威瑪（Chanapat Weymae）跟其他山區孩子一樣，小學畢業就失去教育機會；某日，鄰近部落有位哥哥告訴查那沛的父母：「我就讀的寺廟瓦保（Wat Botworadit），有吃有住，還有免費教育……」

瓦保寺位於泰國中部紅統府（Ang Thong），距離清萊足足有七百公里路程。查那沛回憶，「爸媽雖然捨不得我，但他們認爲唯有讀書才能走出大山，只好忍痛把我送到那兒去。」

懷抱著掙脫貧困命運的期盼，查那沛帶著五件衣服及父母四處借來的兩千泰銖，歷經近一天的交通顛簸，終於抵達瓦保，這個改變他未來人生藍圖的地方。

泰國國旗以紅白藍三色組成，其中白色象徵宗教的純潔，可見宗教在泰國人心中的重要地位。泰國有「黃袍佛國」的美稱，約百分之九十五的泰國人信奉佛教，大小佛寺座落各地，處處可見身披黃色袈裟的僧侶。

佛寺是信仰中心，也是社區中心，擔起消息集散、物資分配、風俗勸導、造屋、婚姻，甚至爲嬰兒命名等責任；許多佛寺設有學校與醫療所，或是孤兒、老人、殘疾人的照護所。

以瓦保寺爲例，寺內收容的並非都是孤兒，大多是像查那沛一樣，來自遙遠泰北山區的孩童。八十歲住持伯庫．烏堤（Prakhu Wutthi）回憶起這特殊因緣，不禁瞇起眼遙想，輕聲傳述一九二七年的那場戰爭。

一九二七年，中國爆發第一次國共內戰，位於泰國北部的清萊府與清邁府，因接近中國南方領土，接收了許多難民孤兒；當時官方將一群孩子愼重託付給一位僧人照顧，僧人將孩子帶回中部紅統府、他住持的瓦保寺，不僅提供遮風蔽雨的安身之所，還讓他們接受教育。

慈濟志工不僅帶來物資，也承擔起父母的陪伴角色，教導孩子們種菜自給自足。

（照片／右：慈濟泰國分會提供）

「二次大戰爆發，我因父母雙亡流浪至瓦保，剃度成爲小沙彌，當時寺裏收養的孤兒已有四十位了。」烏堤嘴角緩緩帶起微笑，那是一個以師爲傲的笑容。

「前任住持傳承給我最大的禮物，就是他的慈悲精神。」烏堤接任主持後，不僅收養孤兒，更持續接來泰北山區未能接受完備教育的孩子，讓他們在瓦保寺附設的學校安心讀書，只要孩子們願意向學，便可免費從幼稚園念到高中。

孩子們受了教育，比在家鄉種田更有出息，家長們親眼見證、口耳相傳，瓦保寺的孩子愈來愈多，如今已有四百多位山區孩童在這裏尋找未來的希望。

瓦保孩子大都在七、八歲即被送來，也有像查那沛這樣國小畢業才來；對年紀尚小的他們而言，希望在遠方，眼前所要面對的唯有「克服」——克服山區孩子對外界所懷的陌生恐懼感。

「寺裏的生活很簡單，要適應並不難，但是很想念家人。」即使事隔多年，已二十六歲的查那沛，談起初到瓦保的情景，黝黑臉上仍能窺見一絲苦澀。

一般學童寒暑假就能回家，但對於這群孩子來說，回家豈是如此簡單？

查那沛下山時，父母給他兩千元泰銖，除了前往瓦保的車資五百元，剩下的錢得存下來應付各種急用和雜支。即使廟裏食宿無虞，這筆錢不久後仍消耗殆盡；對身無分文的孩子而言，若無父母來接，返家路迢迢。

無法回家又想家時，查拉沛就會打電話到村裏的自助會，透過廣播呼喚父母前來接聽。他笑說：「每次打電話回去，全村的人都知道我在想爸媽了。」他的笑容很快黯淡下來：「只要聽到彼此的聲音，我們的眼淚就會流個不停。」

查那沛幾年後才重新見家人一面，長他幾歲的璉南鵬．瓦那波伯賽（Tharnaphong Wongnapapaisan），回憶更爲悲傷。

「父親帶我來時，要我千萬不能走出瓦保大門。」那是個悲傷的父親，因爲無法留孩子在身邊照顧，只得限制孩子的行動，就怕他會遭遇任何眼不可及的不測。

躂南鵬聽從父親的話，不敢踏出大門，每到寒暑假總是默默趴在圍牆邊，企盼父親接他返家；但他的失望日復一日，附近孩童無心的笑鬧，更讓他的心情雪上加霜。

瓦保附設學校在寺廟旁，也提供附近孩童就讀。「我們在家裏講母語，剛到山下時泰語都講不好。」查那沛憂傷地說，語言障礙讓他們成了附近孩子取笑的對象；而更深層的悲傷，是他們總愛指著瓦保的孩子說：「你們沒人要，才會被丟棄在廟裏！」

想家、受欺負，孩子們不是咬牙吞下眼淚，就是逃學回家。

看過許多案例，逃學打工賺錢後，卻只能留在山上耕種過一生，「我沒忘記當初下山的目的，」查那沛說：「在瓦保有書念就有希望，靠著這股希望讓我撐過每一個想家的日子。」

窮困孩子來到瓦保，由寺裏免費提供食宿並在附設學校就讀；由於收容人數愈來愈多，逐漸產生「入不敷出」的情況。

早年瓦保寺位於鄉村、名氣不盛，民眾捐款和布施物資相對較少，幾乎所有食物都靠僧侶每天外出托缽。「當時化緣回來的食物根本不夠孩子們吃，只得向附近米店賒帳；假日捐款大德多時，才能慢慢湊錢來還……」

僧人在泰國的地位崇高，烏堤貴爲住持，卻秉持一念悲心，拉下臉來爲孩子賒帳、求援。他說，當時經濟雖陷困境，卻沒停止收養孩童，因爲「來這兒投靠的，都是需要幫助的孩子。」

資源有限，食指浩繁，孩子們常是一碗飯配著一鍋撈不上豆芽的清湯，偶爾鄰近菜販拿來賣剩的菜梗，就算豐足；住宿環境更隨著孩子增加，愈來愈窘迫，無法細心關照每個孩子。

一九九五年，泰北扶困計畫開始那一年，泰國發生水患，十多位婆婆媽媽組成的泰國慈濟人，不僅奔忙泰北關懷，也載著物資趕赴災區；他們來到大城府（Phra Nakhon Si Ayutthaya）瓦撒橋（Watsakjaw）寺附設的育幼院發放草蓆、蚊帳。

「當時廟方主動告知，附近的瓦保寺更需要協助。」返家後，志工王國珍又聽鄰居談起這個急需援助的寺廟，於是這群婆婆媽媽再度集結，前往瓦保寺探視。

「孩子們身上衣服很髒，住的環境也不好，每個人都瘦瘦小小。」王國珍印象最深刻的是用餐，「孩子餓了，就到住持房門口敲敲盤子……」

看見瓦保的孩子，就如同見到泰北的小孩，雖然國籍不同，但行善應該無分國界。即使泰北孤軍照養耗費不少心力，但泰國慈濟志工仍然堅持扛起重責，發起認養計畫，補足孩子的營養。

每人每天一顆雞蛋、一瓶豆奶，一個月就要一百五十泰銖；志工

二○○六年，慈濟志工利用泰國新年宋干節假期，歷經十二小時車程，帶著瓦保的孩子回到泰北山上的家。

除號召親朋好友，自己更是一人認養多人；每月定期探訪，常搬來一箱箱食材就地烹煮。

志工也徵得住持同意，領著孩子在寺院空地開墾，種植一畦畦翠綠蔬菜，讓孩子自食其力，也爲他們所敬愛的住持以及師父們卸下沈重負擔。

志工同時著手醫療照護，帶著院內生病的孩子到醫院就診。「當我們擁抱孩子時，低頭看見頭蝨在髮絲裏爬，好幾個月時間，我們親自幫他們洗頭，並淋上藥劑除蝨。」同樣也是一開始就投入關懷的志工林淑端笑說：「洗頭的同時，自己也因心理作祟而全身發癢！」

志工走訪院內，發現一百多個孩子頭挨著頭擠在一間不大的房間裏，在坑坑疤疤、又黑又髒的水泥地上鋪著薄墊入睡，少得可憐的私人用品就放在枕頭旁，衛生環境讓人憂心。於是志工又開始湊錢，爲孩子們鋪地、買床，甚至請工匠釘製置物櫃。

而後，改建範圍愈來愈廣。志工劉壽美陪著我們一起前往瓦保，她如數家珍地沿路介紹著——一九九八年援建挑高、通風且光線充足的活動中心，並設置桌椅，讓孩子們有吃飯、念書的地方；另協助修繕衛浴並安裝水龍頭、加裝電風扇。志工並為孩子量身訂製制服、定期供給洗衣粉、牙膏、洗髮精等大小生活用品。

月復一月、年過一年，孩子因營養改善，臉色紅潤、逐漸豐腴，生活環境愈來愈有品質。「師姑、師伯協助改善有形的環境，但深植我們內心的，是他們無盡的愛與教育。」查那沛說。

林淑端記得，初到瓦保時，孩子眼神中的怯生，「他們很少跟外界溝通，也因為長期受到鄰近孩童言語暴力，變得很沒自信、害怕陌生人。」面對這樣的孩子，志工們知道，唯有愛才能補平那道深埋幼小心靈的傷口。

「一般大德來看我們，通常都是發食物，或讓我們排隊領零用錢就離開了。慈濟師姑、師伯不一樣，跟我們玩遊戲、教手語與中文，帶來課本上學不到的知識，而且……」恬靜害羞的佩嘉拉·蕊纖

慈濟媽媽的溫暖擁抱，讓孩子們不再因為思念親情而落寞傷心。

森（Petcharat Rachthontham）露出一抹笑容：「他們代替我們故鄉的父母，領著我們生活，並給予溫暖的愛。」

佩嘉拉還記得她剛來寺裏，某一天晚上大家都拿出僅有最好、最乾淨的一套衣服放在床頭，準備隔天一早換上，「因為明天慈濟爸爸、媽媽要來看我們，要讓爸媽看到最好的樣子。」

佩嘉拉很疑惑，山下何來父母？「慈濟」又是什麼？

「母親往生後，我一度放棄就學，是慈濟爸媽鼓勵我繼續讀書。初經來時，慈濟媽媽貼在身旁，告訴我那是女孩子發育的必經過程，每個月還為女孩們準備衛生用品；他們更親力親為打掃我們的房間、廁所，教我們如何收拾。」佩嘉拉眼裏盡是溫暖笑意，「他們就像父母，一直陪在我們身邊。」

很多瓦保的孩子在有能力端得起一盤菜時，就開始尋找打工機會。他們最常受雇於附近餐館，做一場宴席有三百元收入，有時候一天能做兩場。「老闆知道我們的狀況，盡量提供工作機會；我們也珍惜地存下這些錢，希望未來可以繼續念大學。」佩嘉拉說。

「大學並非義務教育，政府不再補助，學費每學期至少七千元，很快就花光多年存款。」佩嘉拉無奈說著：「我們必須向政府申請助學貸款，雖然利息很低，但想到畢業後要背負龐大債務，很多人就退縮了。」

慈濟志工了解孩子們的窘境，以各種方式提供援助。「有時孩子缺一兩千元，我們就直接幫他補上，若是全額都沒有著落，就利用寒暑假聘請他們來家裏或公司打工。」林淑端說。

慈濟泰國分會也針對瓦保育幼院的孩子成立專案，每位大學生每月可領取兩千元泰銖助學金，學期成績若達標準，還有三千元獎勵。

「現在，我們有十二個孩子正在接受慈濟的獎助學金。」佩嘉拉說，自己曾因高昂的學費，一度放棄上大學的夢想，「是慈濟爸媽的支持，讓我有勇氣追尋更高的目標。」

這幾年，每當有孩子從大學畢業，典禮總是非常熱鬧，因為不只有故鄉的父母出席，孩子們也會邀請慈濟爸媽一起分享榮耀。

八月十二日，是泰國現任王后誕辰，也是泰國母親節。以往這個日子，瓦保的孩子總因爲思念母親而心傷；但十六年來，這已成爲孩子們最期待的日子之一。

這一天，孩子們總是打扮得比平常還要潔淨，人人手捧一株茉莉，跪在「母親」面前，誠敬地獻花；「母親」會拿著一只溼毛巾，溫柔地替他們擦臉，並給予一個屬於母親的溫暖擁抱。在這個時刻，孩子們總會泣不成聲，緊緊抱著「母親」，訴說著無盡的思念。

眼前的母親，是慈濟媽媽。

「每年母親節，師姑就是他們的媽媽；而父親節，師伯就是他們的爸爸。無論多忙，這兩個日子我們都不會缺席。」林淑端說，慈濟志工不捨瓦保孩子，總說他們是「不是孤兒的孤兒」；孩子們敬愛他們，則說他們是「不是父母的父母」。

二〇〇九年八月，慈濟志工一如往常來到保瓦育幼院，才一進大門，就有好幾個孩子七手八腳地拉住他們，「師姑、師伯，你們快來看看他！」

那是年僅八歲，不久前才剛跟兩位哥哥一起到瓦保的頌撒·塞耶（Somsak Saeya）。孩子清秀的臉龐似乎不太對稱，林淑端彎下腰細看，順著頌撒歪斜一邊的左嘴唇往下一探，「不得了，脖子上好大一塊燙傷疤痕！」

原來，頌撒兩歲時被滾燙的熱湯燙傷，父母無力負擔醫療費用；隨著年歲增長，燙傷處產生增生性疤痕，並伴有疤痕攣縮。不僅癢痛難耐，頌撒的嘴角也因此漸漸往下拉扯，無法完全抬頭，時間再拖長，身體勢必受到更嚴重的影響。

志工趕緊將他送醫，在不斷的諮詢與診斷後，決定補助他進行手術。然而開完刀回到瓦保的頌撒，在無特別照料的團體生活中，傷口感染，幾乎白費了那一次的療程。

「第二次開刀，我們決定把他帶在身邊照顧。」志工李建忠說，頌撒來自泰北山區，濃濃的山區腔調對大部分來自臺灣、僅略懂泰語的慈濟志工來說，溝通是一大問題，「還好有批實．漢彭嘉倫（Phisid Hanpongcharoen），他是慈濟泰國分會的職工，也是在瓦保長大的孩子。」

下午三點半，批實騎著摩托車來學校，準備接頌撒下課。他來早了，於是跟著一群同樣早到的家長在教室外頭靜靜等待。下課鈴一響，他舉手招呼頌撒，兩人向老師鞠躬說再見後，並肩而行，聊著在學校發生的趣事；從背影看來，儼然就是一對父子。

頌撒住院開刀期間，批實每天照顧；想起出院那天情景，二十七歲的他不禁笑出聲，「醫師、護士以為我是孩子的父親，直到出院簽字時才發現不是，都嚇到了。」

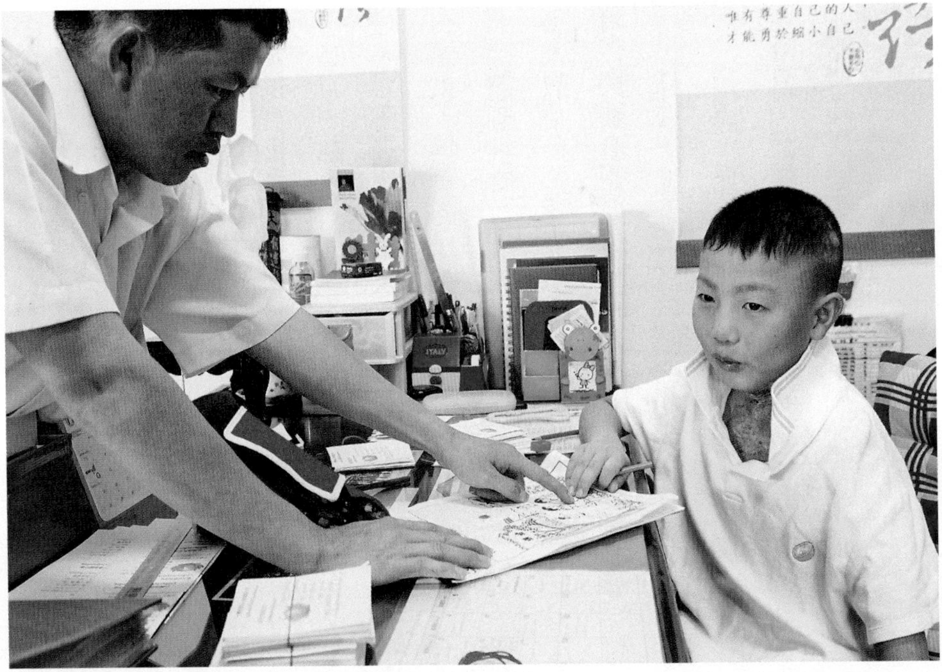

同樣在瓦保長大的批實，不求回報地照顧因燒燙傷而治療恢復中的頌撒。

出院後，批實將頌撒接回家裏住，更衣、沖澡、換藥等一手包辦，照顧了一年多，如今頌撒已健康活潑地回到育幼院。

當頌撒的父親要下山去探望兒子時，因泰語不通不知如何是好，也是批實搭長途車到泰北，親自把他接到曼谷，之後又送他回去。

「一開始師姑、師伯問我願不願意照顧頌撒，我毫不考慮就答應。因爲以前在瓦保，師姑師伯給我們一個觀念——瓦保的孩子都是一家人，年長的兄姊有義務跟責任要照顧年幼的弟妹。」

聽到批實這樣說，林淑端覺得好欣慰。孩子來來去去，再加上志工人數不多，要照顧四百多個孩子簡直是天方夜譚。志工深知，深入陪伴與關心需要更多的人手，但人從何而來？其實就在眼前。

林淑端說：「我們從小教育孩子們，要有大帶小的觀念；舉凡生活、行爲，兄姊都要先做好榜樣，並有責任跟義務要把弟妹帶好。直至今日，瓦保的孩子雖多，但在行爲及道德觀念上並未有偏差，這點相當令我們感到安慰！」

慈濟志工長年的關懷與協助，讓瓦保育幼院的孩童臉色
紅潤、充滿自信。

來臺取經

泰北扶困與瓦保助養行動，至今不輟。隨著經濟發展、山地開發，以及愛心扶助，泰北地區已能自給自足，而瓦保也在寺院會眾的關懷下，孩子們擁有愈來愈好的生活品質。

於是，泰國慈濟志工扎根曼谷，奔走在都會中的貧民區，進行訪視關懷與急難救助。然而，貧窮或許能以補助解決生活問題，但是這幾年來，泰國最令人頭疼的，卻是隱藏的人心危機。

泰國，素有「微笑國度」之稱；這項美譽，是經過「認證」的。二〇一〇年九月，日本舉辦一場「國際微笑比賽」，其中，泰國選手以最高團體總分以及最高個人得分贏得勝利。

泰國人篤信南傳佛教，相信捐獻與虔誠禮佛會為自己累積功德。

369 否極泰來

選手之一安帕蓬自豪地認為，微笑是泰國感動全世界的民族特徵，希望泰國人都能理解微笑的眞正含意——和平與安詳，「但願這有助國家從危機中走出來，讓社會恢復和睦氣氛。」

泰國社會深受南傳佛教影響，短期出家風氣頗盛，也相信因果報應；僧人受到尊敬，人們時常供僧，也會依照自身能力盡量捐獻。

泰國人依循佛教教義也重視傳統倫理，學校會安排禮儀課程，並定期舉辦全國性禮儀大賽，舉凡跪拜父母、對長輩行禮甚至與平輩與晚輩間的規儀都是比賽項目。而歷史上幾次著名政變，皆以「不流血革命」贏得讚譽。

在有禮且積極行善的風氣下，泰國社會理應是祥和安定的；但如今家庭結構鬆散，色情與毒品氾濫等社會問題叢生；近年來，多次政治抗爭爆發流血衝突，也讓泰國屢上國際新聞版面，令人不禁想問：「微笑國度怎麼了？」

二〇〇四年，泰國政府有感於社會失序愈來愈嚴重，召集社會賢達成立「泰國復興國家道德力量推廣中心」（Center for the Promotion of National Strength on Moral Ethics and Values，簡稱道德中心），集結社會各領域的菁英，協助社會推動道德提升。

二〇一〇年，我們特地前往曼谷拜訪道德中心。時任道德中心主任娜拉娣·彭紗（Naratip Pumshup）肯定地告訴我，「泰國固有的美好文化並非全然消失，社會上還是有很多人喜歡行善且樂意去幫助別人！」但她體認到，泰國行善大多偏向個人而非團體，「人們若以有限力量行善，一旦個人資源耗盡，善行腳步也就不得不停止。」

「善的效應如果沒有持久與遍及，帶動力量日薄，愈來愈多人就會被冷漠所拉攏。若行善的力量有規畫、有支援並且有制度，就會吸引更多人投入愛的行列；社會有愛，道德自然會在人心滋養。」

泰國復興國家道德力量推廣中心將訪問慈濟的感動記錄下來，以書籍或影音光碟的形式在泰國社會流通，並在電視臺播出；道德中心主任娜拉娣（左）與慈濟全球志工總督導黃思賢（右）、泰國志工王忠炎（中）分享該中心出版的慈濟書籍。

（右圖攝影／Lek）

道德是無形的，如何將之具體化並付諸行動？可供仿效的規畫跟制度在哪裏？「我們在國內遍尋不到，於是寄望國外。」娜拉娣說，他們迢迢走訪歐洲、美國、紐西蘭、印度、韓國等五大洲十幾個國家，但或因文化、或因宗教差異，怎麼也找不到契合的理念。

一年多過去，明燈遲遲未現，娜拉娣自認已盡心力，卻還是無能爲力。她的辦公室座位後方有一大片窗戶，高樓望下是曼谷最繁華的地段，卻也是問題最多的地方……

這時，娜拉娣靈光一現，想起兩年前曾應朋友之邀，在曼谷參加一場臺灣人舉辦的活動——這群人來自於臺灣的一個佛教團體，不僅行善於本土，也走訪需要援助的國家地區，給予貧苦困頓且面臨災難的人溫暖擁抱與後盾。

娜拉娣找到這個團體志工王忠炎的電話，接通後她直語：「那個團體有你們所說的那麼好嗎？」話筒傳來王忠炎誠懇的聲音：「眞的，而且比我說的還要好，希望你有機會親自到臺灣看看。」

滿懷信心的娜拉娣馬上召開會議，沒想到卻面臨一個接一個的質疑；原來是臺灣國會亂象及對泰籍勞工的態度，令其他人不敢恭維。在一陣反對浪潮下，娜拉娣懇請諳中文的道德中心研究員靜相法師前往臺灣考察。

靜相法師走訪臺灣大小慈善組織，回來謄寫報告時，對某一個慈善組織描述最多，甚至邊寫邊流淚。他告訴娜拉娣：「關於這個團體，我去臺灣所看到的，比你當初所聽到的更好。」這個組織，就是王忠炎建議娜拉娣親自去看看的臺灣團體。

娜拉娣用這份報告，成功說服中心成員。二〇〇五年八月，道德中心第一批取經團終於往臺灣出發。

第一團成員由佛教、基督教、天主教、伊斯蘭教、錫克教等五大宗教領袖組成。「當時不只我們想去臺灣，連颱風也去。」娜拉娣提到，受泰利颱風風勢影響，飛機在桃園中正機場上空，有如布娃娃般被任意地拋上扯下；生死交關，五大宗教領袖開始誦經、禱告，小小機艙內，各宗教意外地協調融合。

「當時我想，如果因此離開人世，至少還有五大宗教領袖引領我到極樂世界與天堂。」娜拉娣自我解嘲，卻傳遞深意，「如果我們平安抵達，就要肩負上天賦予的使命，將美好道德帶回泰國，使國家人民受惠。」

飛機轉往香港著陸，隔天風勢減弱才又飛來臺灣。下機後，他們的目的地並非繁華的臺北，也非著名的高雄港都，而是俗稱臺灣「後山」的花蓮，他們來到佛教慈濟慈善基金會。

「超過九成五的泰國人篤信佛教，同樣也是佛教的慈濟團體，讓我們感覺相當親切。」慈濟推動慈善志業的方式與觀念，更讓娜拉娣感到衝擊。

在慈濟，志工穿著自己買的制服，花自己的費用支應食宿交通，親自募款、募集物資與經費馳援災難、救濟貧窮，「做別人的事，卻吃自己的飯，是非常可貴的情操。」

「泰國佛教徒的觀念是，今天我給你一瓶水，來生你同樣會回報我一瓶水，做善事是爲自己累積功德；但是慈濟大大相反，付出無所求，施者還感恩受者給他們機會。」娜拉娣百感交集，也發現泰國佛教不能與時俱進的隱憂。

上個世紀的五〇年代以前，泰國社會環境良好，人們富足且安樂，爲了自我提升而修行，是理所當然的。「如今社會混亂，人心不再清淨，獨善其身的觀念必須調整。」

「慈濟仍依歸佛教精神，但奉行的方法卻隨著現代社會做出調整。」娜拉娣笑說，「其實，慈濟做的事情，我們國家的人民也有做，只是慈濟做得更徹底。當下我們明白——歷經一年多的尋找，我們要的精神與方法終於找到了。」

一批接一批的參訪團陸續來臺，舉凡教育界、醫療界、商業人士、地方政府官員等，七年來由道德中心親自帶領出團有十三次之多；這些團員參訪後，又再召集同業或朋友組團，截至二〇一二年底，已有四百零一團、一萬三百五十四人次來臺「取經」。

娜拉娣解釋，「慈濟不只在行善方面影響社會甚鉅，包括醫療體系、教育理念以及社區環保觀念，都是我們所要學習與帶動的。」

「參訪團來臺灣，一睜眼就聽慈濟、看慈濟，晚上討論慈濟，回國後甚至還要做慈濟。」旅居泰國數十年的慈濟志工王忠炎笑說，泰國興起一股「慈濟熱」，醫療、教育、宗教，甚至政府單位與社區，大大小小的慈濟風潮猶如螢火蟲般，點點亮光閃爍在泰國土地上。

在醫療方面，泰國最大的瑪西竇（Mahidol）醫院，積極推動臨終關懷，並增設心蓮病房與輕安居；挽才攬（Photharam）醫院則是成立志工團隊，爲醫院病患提供溫馨的關懷服務，並深入社區關懷貧病個案；許多醫院仿效慈濟醫院大廳的鋼琴擺設，用音樂柔和病患待診時不安的心情。

皇家曼飄（Banphaeo）醫院展開義診服務，發願一年內帶領醫療團隊為一萬名貧困的白內障患者手術；一年之後，曼飄醫院果真做到了，甚至達一萬兩千名。目前白內障手術持續中，有更多患者因視力改善，得以工作而提升家中經濟。

在教育界，位於鄉下的農塔彭（Nongtabong）小學，校內有九成學生家庭結構不完全，校方仿效慈濟慈誠爸爸與懿德媽媽的制度，彌補家庭溫暖；森林學校（Roog Aroon）校長帶回靜思語教學，期待孩子能透過一句句的好話以及體驗活動，提升心靈感受；北欖府（Samut Prakan）的一所港灣學校，則鼓勵老師以愛教學、以身為教，果真讓這所外界眼中的問題學校，成為全國爭相報導學習的典範。

商界中，更有不少企業家、公司老闆推動志工精神，利用上班時間帶領員工為社區貧戶發放物資。一家泰國數一數二的企業老闆在一場大型貿易會議上起身分享，「很多人認為，帶員工出去做公益，公

離曼谷約一個多小時車程的龍仔厝府（Samut Sakhon）曼飄醫院，這幾年與慈濟志工合作義診，將慈善醫療腳步深入社區。於辟猜帕潔納（Phichaipattana）學校舉辦白內障手術診療活動結束後，慈濟志工與醫護人員互道感恩。

（攝影／Phiraphol）

司會因工作停擺而蒙受損失；其實，帶動起員工回饋社會的心，他們反而會有更正面的思考，不僅行善也認眞工作。在全球金融風暴中，我的公司非但不受影響，業績還蒸蒸日上。」

學習好的事物，並不因宗教而有所區別。一位神父說：「慈濟創辦人證嚴法師當年曾遇三位修女，並在她們的激勵下展開慈善事業；今日，主的子民向佛陀的子弟相互學習，也是理所當然的。無論是主或是佛陀，都是爲人民而生，因此要相互學習有利人們與社會的事情。」於是他在教堂推動環保，也深入社區提倡資源分類。

隸屬國家、地位等同於該國行政院的道德中心，二〇〇八年與慈濟簽訂「交流合作備忘錄」，約定未來雙方將持續交流行善經驗，超越一般醫療與學術方面的合作，倡導人文道德觀念，爲祥和社會盡一分心力。

政府大力推動志工精神，提供一年五天的支薪假期，鼓勵人民在社區做志工；衛生部規定醫療機構必須制訂志工手冊，招募、培訓醫院志工；教育部則是以慈濟精神擬定二十個善的項目，鼓勵各學校落實；全國成立環保回收站，並將環保成果呈給深受人民擁戴的拉瑪九世蒲美蓬國王。

「這麼多年下來，泰國社會的改善有目共睹。」娜拉娣有信心地說：「而且我相信，這股力量經過發酵，將愈來愈強大。」

至今，訪臺團隊仍不間斷地取回實踐佛教精神的妙法。有人說，這場大規模的現代取經記，將爲泰國帶來另一場溫柔革命——他們將重新找回最美的微笑，以及和平與安詳。

愛是良藥

「若想更明白道德中心到臺灣慈濟參訪的迴響，建議你們前往挽才攬醫院看看。」告別道德中心時，娜拉娣熱心推薦。

前往挽才攬醫院時，我們正巧遇上泰國的水災災情。二〇一〇年九月底，遲來的雨季造成泰國境內湄南河嚴重氾濫，幾乎半個國家泡在水中，是泰國半世紀以來最大的洪災。經過一個月，部分地區仍積水未退。

「募您一分心，讓我們一起來幫助受水患所苦的人們！」一早七點，叻丕府（Ratchaburi）的市場聚集一群穿著藍上衣白褲子的人，他們兩人一組，一人捧著募款箱、另一人手拿自製牌子；領隊是一個笑容可掬的男子，他帶著大家走向市場，對著攤販與過往路人誠敬地彎腰鞠躬。

看見他時，有人帶著微笑主動靠近，有人則是不免露出驚訝神情；但相同的是，人人皆從口袋掏出鈔票投入募款箱中。對他們來說，投入的每一分錢都是爲了幫助受災鄉親，他們深信眼前的男人，會將他們的心意一分不差地送入災區。

這個男人，在這個地區有相當的知名度，因爲他是這個鄉鎭最大一家醫院——挽才攬醫院的副院長林佳文。

鄉村人們能捐的不多，總是二十銖、五十銖地投入募款箱；一個早上，在市場以及醫院的兩場募款，僅僅兩小時，林佳文與其團隊就募得四萬五千泰銖，成果豐碩。

林佳文笑容熱絡，態度大方，甚至當捐獻者因爲只有大鈔而煩惱時，林佳文自掏腰包找錢給人家；無論是五銖或是二十銖的捐獻，他同樣給予九十度鞠躬，「祝福您，感恩。」

「我並不是一開始就那麼大方。」個性幽默的林佳文露出一抹俏皮的笑，並比畫著當時的情景，「第一次上街募款時，我拿著牌子擋

อุทกภัย!!
ไทยช่วยไทย
คนปลอดภัย ช่วยผู้ประส

住臉，一路上一個字都不敢說。」

那是二〇一〇年初爲海地大地震募款，林佳文雖然自認做了充足的掩飾，但在鄉下，副院長的高知名度終究逃不過小市民的雙眼。

經過他身邊，有人猛地靠來，從旁近望他，大聲驚呼：「副院長！你在這裏做什麼？」知道他在募款，還衝上前去搶走募款箱，繞行市場一圈；等募款箱再次回到林佳文手上，已集滿沈甸甸的愛心了。

有位民衆從事廣播業，騎機車經過時，特地將車子繞回來再三確認；之後將車子停好，拿起隨身的廣播器開始播送副院長募款的消息。頓時，市場買菜賣菜的人們紛紛前來，一邊嘖嘖稱奇，一邊投下善款。

跟著林佳文上街頭募款的醫院心理護理師嘉璐婉．喜森愛（Jaruwan Heapthamai）笑著說：「很多捐款都是衝著副院長這張臉來的。」

泰國華裔第三代的林佳文，三十歲就當上地區小醫院醫師，進而成爲擁有三百床醫院的副院長。在泰國，醫師地位相當崇高，就連對病患展露一抹微笑，都像是恩賜，但林佳文一點也沒有這樣的架子。

挽才攬醫院副院長林佳文，放下身段，為受災鄉親上街募款。

街頭募款結束後，我們隨著林佳文回到醫院院長室，問他為何願意放下身段？林佳文撫著心口，誠懇地淺說一句：「因為有愛。」

談起這段「因為有愛」的故事緣起，林佳文直說：「這一切就像是命中注定。」

有一天，林佳文在醫院收到一本書，作者是泰國醫界龍頭與精神領袖巴衛（Pavase）醫師，他曾獲得有亞洲諾貝爾獎之稱的拉蒙·麥格塞塞獎（Ramon Magsaysay Award）。「那本書介紹巴衛醫師到臺灣所見，關於慈濟基金會的義行。其中，慈濟人對苦難人的付出最讓我感動。」

在醫院，看到最多的除了病苦，還有因病而貧的家庭。林佳文每每在施醫給藥後，心裏總會生起一股無力感，因為他知道，當他們沒有財力再赴醫院診療，就只能任病況愈來愈嚴重；許多人因病殘被家

挽才攬醫院位於泰國中西部叻丕府的一個小鄉鎮，三百
床規模為全鄉最大。

人拋棄，只能淪落街頭行乞……

「我還能爲他們做什麼？」他想到那本書所提到的慈濟，「因緣不可思議，當我對這個團體感興趣時，他們就出現了。」

二〇〇八年，慈濟志工受邀前往挽才攬醫院舉辦愛灑活動，當時主講的慈濟志工邱淑芬記得，會後林佳文不斷提出疑問，「我已經忘了跟他聊了多久，但久得好像是特地再爲他講一場。」

在慈濟人居中聯繫下，林佳文隨著道德中心來臺灣參訪慈濟；回國後，他興起了做慈濟的念頭。

林佳文準備在醫院招募志工，懇請慈濟前往舉辦愛灑活動。挽才攬醫院所在的叻丕府，位於泰國中部，距離曼谷約八十公里。邱淑芬回憶道，「他說會來曼谷接我，我算一算時間，他的司機理應六點從挽才攬醫院出發，沒想到清晨五點，門鈴就響了。」

一向早起的邱淑芬應門，映入眼簾的竟是林佳文似孩子般的興奮笑容。「我沒想到竟是他親自來，算一算時間，他大概凌晨三點就出發了。」林佳文的堅定和積極，從他第一次籌辦慈濟活動的態度就可以知道。

「做慈濟，首先就由個案關懷做起。」邱淑芬說，四十多年前，慈濟基金會由濟貧開始，當她要帶領林佳文時，也遵從一樣的程序，「濟貧教富、見苦知福，我要先把他的心帶起來。」

帶心，不只是帶起善心、悲心，更要帶動出堅定的道心。「當時我的心跟身體是背道而馳。」林佳文回憶起首次接觸的慈濟個案。

那天他們走入偏遠的村莊小徑，來到一間破敗的屋子前，那是貧困的四口之家，有三位殘障人士，唯一行動正常的卻酗酒。林佳文第一個跳下車，屎味、尿味撲鼻而來，讓他楞在當地。隨後下車的慈濟志工卻一個個穿過他的身旁，彷彿沒有聞到任何味道，直直往屋內走去。

「見他們全都進去，我不進去也不行，只好硬著頭皮，深深吸了很大一口氣。」一進屋內，讓林佳文震驚得忘記要小心憋氣的，是志工們的舉動。他們坐在骯髒的床上，跪在屎尿已乾的地板，輕撫著照顧戶的手腳，並趨前擁抱正散發惡臭的他們……這時林佳文才知道，原來行善不只是給錢、送物資，最重要的是尊重與愛。

慈濟志工決定爲他們沐浴，也邀林佳文爲他們洗腳，「我做得很敷衍，輕輕擦幾下而已。」知道他一開始無法突破心理障礙，邱淑芬安慰他：「勉強做好事吧。」

那一次的訪視經驗，讓林佳文震撼又羞愧，「醫師都覺得自己很厲害、比誰都大，但慈濟人更棒，因爲他們心的境界比我更高。」

「人都是這樣，沒有做不會感動，但只要試著去做，善念就會啓發出來。」邱淑芬說自己也是過來人，所以了解，「我第一次去訪視關懷時，就跟他一樣。」

在慈濟人溫和的引導，以及林佳文堅定行善的意念下，他愈來愈進入狀況。邱淑芬笑談他的轉變，「當初我們請他擁抱照顧戶，他說醫師做這種事會被笑死，以爲這個醫師是不是頭腦有問題，結果他現在比我們更會擁抱了，更懂得付出愛。」

挽才攬醫院長年來照顧居民健康，二〇一〇年初志工團隊開始加入陪伴關懷。

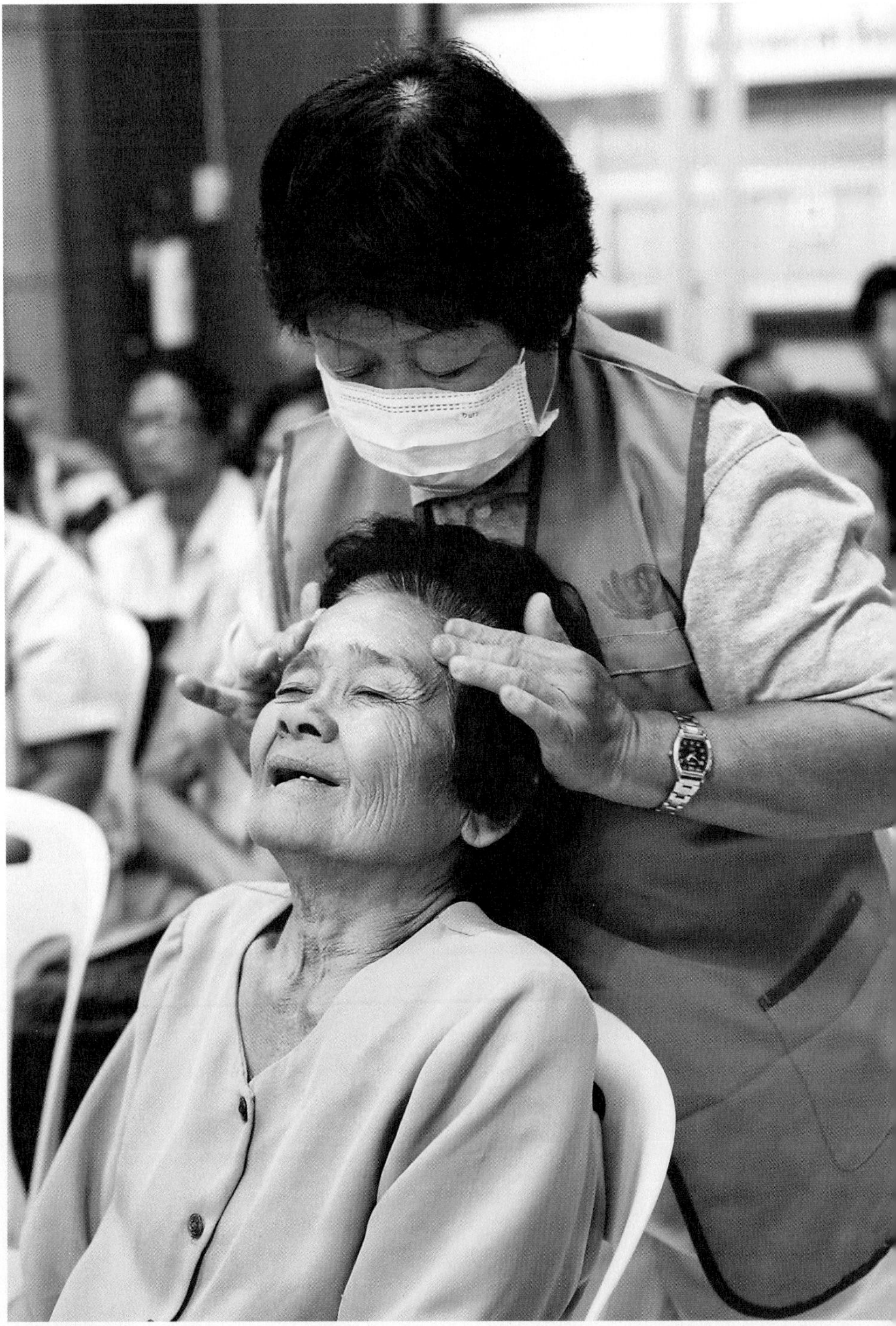

林佳文不只在內心種下慈濟愛的種子，也將這股美善力量渲染出去；他獲得院長全力支持，很快就帶領醫院護士、退休護士以及社區志工，組成三十人的志工團隊。

早上，他們才剛結束募款，隨即又帶著厚冬衣及食糧，搭乘醫院小型巴士到十五分鐘車程外的頗拍樂寺院（Phophairoj Temple）探訪金花奶奶。

八十歲的金花奶奶從小罹患小兒痲痹，右手與右腳萎縮變形，成人後又因破傷風截掉左腳。她從高棉流浪至泰國，沒有家人也沒有身分證、無法得到任何政府補助，也沒有辦法申請入住養老院，幸有寺廟無償出借舊廚房讓她安居。

「奶奶的身體狀況無力打掃，我們出動一百七十位志工去幫她清理環境，垃圾之多，還得出動垃圾車待命。」邱淑芬表示，大掃除後，奶奶的居住品質得以安然，但她仍得仰賴挽才攬志工的定期關懷。

除了打掃環境，志工還牽來自來水管，爲屋內十六個大水缸注滿水，好讓奶奶取用方便；隨後爲好幾週都沒沐浴的奶奶淨身。屋內沒有吹風機，他們以指腹的溫度將一根根髮絲梳乾，接著再依奶奶的喜好挽一個小髻。

他們動作輕巧溫柔，沒有一絲猶豫，也絲毫不馬虎，志工精神展露無遺。

自寺院返回醫院的路上，我與心理護理師嘉璐婉同行，也才更有機會了解泰國身殘人士的生活護理事宜。

嘉璐婉在醫院接觸的對象多是殘障病患，她說：「在泰國，只有少部分的殘障人士會受到家人妥善照顧，大多不是被送到療養院，就是被遺棄街頭。他們很孤獨，最需要的並非食物與物資，而是溫暖。」

以奶奶爲例，雖然寺院提供住宿，但探望的人並不多，奶奶的個性也就愈來愈孤僻，動不動就罵人。自從志工開始關懷奶奶後，她的笑容

金花奶奶住在頗拍樂寺院的舊廚房，挽才攬醫院的志工們固定前往關懷，送去米、油、衣物等物資，也送去笑容與溫暖。

變多，厭世的心態有了改變，期待志工帶著笑容與擁抱來探看她。

回到醫院，嘉璐婉邊忙著手邊工作，繼續與我分享著。以往，她總會利用下班與休假時間，探望這些身心障礙患者。「醫院裏有許多悲傷故事，但我一個人能做得了多少？」話說到一半，她懷中一個雙眼深邃的美麗孩子哭鬧了起來，孩子的父親是吸毒者，母親罹患重症且不久於世……

終於逗得孩子笑出聲來，嘉璐婉也展露笑容，那笑容是給孩子的，也是給邱淑芬和林佳文的，「志工團隊成立後，我感到無比興奮，因爲這群人的生命，終將受到陽光照拂。」

那次前往臺灣參訪慈濟，林佳文印象最深刻的，就是慈濟醫院的眾多志工，「志工有市井小民，也有公司大老闆，但他們在醫院共同的目的，就是服務病患。」

當時他心想，這群人不會醫病，也不會配藥，要怎麼服務病患？當聆聽志工分享後，他才明白，原來他們服務的是「心」。「醫師很忙，除了看病給藥，沒有辦法逐一和病患聊天、安撫他們不安的情緒，這時，志工就可以替醫師分擔這一個區塊。」

於是，在院長同意下，這群挽才攬醫院的志工在大廳為久候的病患奉茶，替長期照顧病患的家屬捶肩捏背，還帶來小提琴，演奏輕柔的音樂，分散病痛注意力。

志工的付出成果顯著。在挽才攬醫院工作二十七年、九年前退休的護士潘西．泰漢達（Pennsi Thaihanga），再踏進醫院，她驚喜發現：「以前病患總是愁眉不展，負面情緒甚至間接影響到醫護；現在整個都不一樣了，病患有了笑容，護士的腳步也輕盈多了。」

有別於以往只用聽診器碰觸病患，林佳文現在會拍拍病患的手臂鼓勵他們對抗病魔，他的病患總是很開心。林佳文側著頭認真地說：

「我眞的覺得，現在他們的病好得比較快耶！」對挽才攬醫院的志工來說，醫病先醫心，快樂的心是對抗病魔的一帖良藥。

泰國衛生部肯定醫院志工的必要性，二〇一〇年規定醫療機構必須招募、培訓醫院志工。林佳文認爲這是一件令人欣喜的決定，「我們了解，比起藥物，愛雖然是摸不到的，但卻有很大的效果。」

二〇一二年二月，林佳文轉調距離挽才攬醫院二十八公里的萬象醫院（Damnoensaduak Hospital）擔任院長，並將醫院人文帶入。

面對新環境，一切都要從頭開始，林佳文說他並不害怕，「在挽才攬的時候沒有經驗，但已在那裏摸索出方向，現在執行就不困難。」如今萬象醫院也招募了一小群醫護志工，在醫院負責範圍的村莊內尋找需要援助的個案，挽才攬的志工也會開車前來支援。

曾經有人問林佳文：「如果你不在，挽才攬的志工服務就會中斷吧？你需要一直跑去督促他們嗎？」當時他靜默不語，如今現實已回答了一切。

神祕配方

道德中心組團前往臺灣慈濟參訪後，各界人士時有回響，其中影響最深的，是教育。於是，我們拜訪投身教育二十多年的陳柱江，淺談泰國教育。

「以前我們所受的教育，一星期有兩堂佛法課程，現在都沒有了。」華裔後代、在泰國土生土長的陳柱江說，泰國以佛教爲國教，包括外顯的社會環境、內在的道德提升，甚至是教育方式都與宗教緊密結合，「五十年前，泰國教育以宗教來推動，人們的道德觀念相當好，社會也安祥平和。」

就在陳柱江完成學業進入院校商科執教後，這一切全變了。他在課

慈濟泰國分會與泰國教育部合辦「教育人文研習營」，二〇一〇年邀請全泰國一百八十五個學區的督學負責人及以佛教精神經營教學的學校師長，前往清邁慈濟學校參觀。

（攝影／Lek）

後舉辦「英文俱樂部」，分毫未取，替英文程度低落的學生補課提升能力；這理應受到讚歎，但校方並不支持，「學校認爲課後還開燈、開冷氣，浪費資源。」陳杜江嘆氣道：「功利，已逐漸取代教育的本質。」

後來，陳杜江轉職成爲商人，仍心繫泰國教育，二十幾年的研究與觀察，他發現，要改革社會的道德低落，須從教育開始，「所有問題都出自於人，要提升，唯有教育是根本，而且還要從基礎教育做起。」

爲進一步了解泰國教育的現況，陳杜江安排我們與泰國教育部基礎教育委員會辦事處（Office of The Basic Education Commission）副處長般恰芃．蘇珊素可博士（Dr. Bancherdporn Susansuk）一談。般恰芃語重心長地說：「學校不只是提供學術教育，道德教育也很重要，但是大時代轉變，很多事情都在改變。」

為了改善並提升教育品質，五、六年前，泰國教育部基礎教育處就開始行動，走訪各國觀摩、取回方法重整國內教育現況，甚至遠達世界教育標竿北歐，「實在很棒，但環境背景卻跟泰國大不相同。」

般恰芃舉例——北歐政府提供龐大的教育經費，學生每週戶外教學，有專車跟專業人員陪同，營養午餐的成分也經過特別規畫。「但在泰國，一個學期頂多兩次戶外教學，領隊是老師跟班長，營養午餐的經費一人只有十幾元。我們能做什麼？」

即使看到好的教育方針，卻與國內資源大相逕庭，般恰芃的團隊帶回一次又一次的失望。直到二〇〇七年，道德中心函請他們前往臺灣，「我們終於看見一線曙光。」

「慈濟的方式很簡單，不需要花太多金錢，只需改變一下思想就好。」般恰芃參觀臺灣的慈濟學校，看見師生間彼此敬重，行走、用餐以及上下學排隊都有一定的威儀規範，「我們這群教育工作者來到慈濟，一開始都有同樣的感覺，只要那麼簡單就好了嗎？」

參加「教育人文研習營」的哈達瑪拉學校老師們，回到校園後，將頭髮梳挽成髻、身著整齊的服裝，並展現溫和的微笑，用身教作學生的好榜樣。

學生遠遠看到她即走向前，有禮地合十問好；老師遇見比自己年長的老師，會微笑欠身；師長每日在校門口向學生道早安……這些一而再、再而三地觸動她的心；閉眼遙想，幾十年前，泰國的學校不也是這樣的美嗎？

般恰芃說：「像這樣發自內心、行而外的模範，用說的不清楚，得親自去看才會感動。」

泰國的基礎教育囊括國小一年級至高中三年級，約有近三萬所學校；要帶著一批接一批教職員去臺灣，經費龐大。道德中心主任娜拉娣告訴他們：「慈濟在清邁府芳縣蓋了一所學校，教育方針跟臺灣的慈濟學校一模一樣，不妨就去那裏看看吧。」

就這樣，般恰芃陸續帶領五十一所學校校長，以及全泰國一百八十五個學區的督學前往清邁慈濟學校參訪觀摩。

即使到過臺灣親眼見證慈濟辦學，但來到清邁慈濟學校，她禁不住再次感動與驚訝，「雖然是臺灣人辦的學校，但校長是泰國人、老師是泰國教育體制培訓出來的，學生是泰國的孩子，學校也在泰國；他們做得到，我們毫無理由說不行。」許多校長有了信心，並且學習、返校執行。

來到北欖府一個近鄰港灣的中學——哈達瑪拉學校（Hadammara Aksornluck Wittaya School），此地是泰國主要工業區，學校就位於貧民區旁，一千七百位學生中，有九成九來自藍領階級家庭。

「先天的環境背景，讓外界對我們學校有負面的刻板印象。」校長潘披賴拉．瑪泥帕（Penpilailuck Maneepark）記得兩年前到職時，學生和外校學生發生流血衝突，「在不經查證下，外界就直判是我們學生的錯。」

這件事對她造成相當的衝擊，她情緒低落並感到委屈。該怎麼扭轉學校的負面形象？「般恰芃鼓勵我，並帶我到慈濟學校參訪，讓我

哈達瑪拉學校推動素食，校園裏蔬菜盎然生長，校長潘
披賴拉（右一）表示：「再過幾天就可以採收囉！」

得到許多的啓示。」

潘披賴拉從慈濟帶回兩樣法寶——有愛的老師、花道課程。她說：「泰國有些老師對待問題學生，若非打罵就是批評，但現在的小孩不吃這一套，反而愈偏激。慈濟堅持用愛與鼓勵教導，並以此降服許多問題學生。」

十四歲的蘇巴猜（Supachai）長得相當魁梧高大，巧克力膚色以及深邃的五官讓他看起來像個大鏢客；他情緒衝動且不愛念書，好幾個學科總是拿鴨蛋，是學校最出名的問題學生，沒有老師管得動他。

潘披賴拉教導老師們學會有愛，即使學業上僅進步一分也替他鼓掌開心。潘披賴拉曾把蘇巴猜請到辦公室喝茶，並將自己當作是他的母親，溫柔地問他：「你想要畢業嗎？」蘇巴猜點頭，她傾身向前擁抱他，說：「校長相信你可以畢業，但你必須相信你自己也可以做得到。」

「我們也藉由花道課程去改變他。」潘披賴拉解釋，她參訪清邁慈濟學校時，有感於學生上花道時那分「靜」，不僅讓學生靜下心來，也提升專注力。

她將花道課程帶回來，因應本校學生做出調整，全程只運用一種素材——香蘭葉。香蘭葉在泰國隨處可見，淤泥或是清淨之處皆可長，特殊的清香總是持久地繚繞著。

學校取這種細長的葉子，教學生編成玫瑰花形狀，藉此鼓勵學生，「不論你們出生何處，或貧窮或高貴，出生環境不會決定一個人的品行好壞；每個人都像香蘭葉一樣，擁有與生俱來的清香，也就是人性本善。而你們的未來，要由你們自己彎折，是一朵美麗得令人讚歎的玫瑰花，或是一枝枯萎的雜草，全都由你們自己做決定。」

「有一次府尹來學校參訪，看到蘇巴猜認眞且細心地折出一朵朵美麗的花，他相當驚歎。」蘇巴猜改變了，他有禮、熱心又好學，幾乎所有學科都在及格分數上。

蘇巴猜不是唯一的成功案例，來自港灣藍領家庭的孩子受到鼓舞，學規矩也學禮儀，以行動展現美好的一面，「如今我們成爲一所

典範學校，不僅常常有外校前來參訪，還有不少媒體訪問。」

潘披賴拉感動地說，要改變一所學校原來並非想像中困難，「改變環境、堅持美善，學習的氛圍就會改變。」

目前令泰國教育界憂慮的，還有高比例的家庭結構不健全。據二〇〇九年統計，全國離婚率為六成，單親家庭有兩百五十萬戶，十一到二十二歲的單親家庭子女就有一千一百四十萬人。在同年舉辦的社會家庭論壇上，泰國總理表示，政府將大力推動家庭穩定計畫。

距離首都曼谷約兩個鐘頭車程，位於北碧府的農塔彭小學就是當代社會的縮影。有六成孩子父母或因離婚、改組家庭，而將他們託付給爺爺奶奶照顧，還有三成學生來自單親家庭，家庭健全的僅一成。

校長威瓦特（Wiwat）語帶痛心地敘述一個不久前發生的故事。

哈達瑪拉學校老師以香蘭葉教學生編玫瑰花，藉此鼓勵學生，唯有掌握自己，才能編織出美好人生。

一位學生好幾天沒來上學，學校也沒接到家長的請假通知，校長偕同級任導師前往家訪，才知道孩子生了病被送到醫院。「那孩子單親，跟父親一起住，可悲的是，他住院三天，父親完全沒有去看他……」

「出院那天，父親在家找不到孩子的身分證明文件，來學校申請時，卻因喝得大醉而在樹下睡著，醒來就直接回家了，最後由我爲他辦理出院手續……」威瓦特說：「這個孩子才三年級、八歲而已！」

眼眶紅了，聲音顫抖著，威瓦特在這所學校任教十年，這樣的案例時時可見；但僅憑校長與老師之力，力量不足以照顧近九成家庭結構不健全的學生。

「當我參訪慈濟學校時，我注意到他們有慈誠爸爸與懿德媽媽制度，看著沒有血緣關係的長輩在學校照顧這些孩子，那種親密與用心關懷所帶來的愛，猶如眞正的父母。我當下就決定，我的學校也可以這麼做！」

返校後，他召集那一成家庭健全的家長，希望他們承擔大愛爸媽的工作，幾乎所有人都舉手贊成。

大愛媽媽莎安（Sarnt）表示，根據她的觀察，社區的犯罪問題幾乎來自於這些家庭結構不完整的孩子，「他們沒有父母的指導與照顧，只能靠自己的力量去摸索才得以生存下去，實在很難怪他們。」

現在她照顧的是一個從小就被父母棄養的孩子，孩子喜歡抱著她、聽她講故事，而她也會帶他回家；她的丈夫就是孩子的父親、她的婆婆就是孩子的奶奶，「當我從他臉上看見曾經失去的笑容，我知道我們做對了。」

哈達瑪拉學校與農塔彭小學的成功改變，一再給予般恰芃信心，也讓她更堅信——仿效慈濟學校的教學理念，確實能發揮具體的成果，進以提升泰國教育水準。

泰國教育部因此根據慈濟的教育方式，擬定二十項善的項目廣發各校，諸如一日一善、一日捐一泰銖、一週一素、表揚取代指責等，並鼓勵執行、定期考察，更給予確切執行的學校光榮和肯定。官方也邀請泰國慈濟志工舉辦一場全國師資培訓，爲三千多名校長與老師施打愛的強心針。

泰國的傳統文化是以人爲本、以心靈爲根。般恰芃認爲，這些年來儘管傳統逐漸流失，「但透過我們在慈濟所學習到的教學理念，來爲泰國基礎教育打底，我們相信總有一天，會看到傳統的美好重現在眼前。」

農塔彭小學師生進入教室時，必須脫掉出外鞋，在校長努力推動後，有別於以往鞋子隨意置放，如今孩子懂得將鞋尖向外整齊併攏。

責無旁貸

泰國積極重整道德教育，然人心不平，大地反撲，災難欲來，是沒有人可以阻擋得了的。

曼谷每一家人平均擁有一點四輛汽車，是東南亞汽車普及率最高的城市，獲得亞洲底特律的美稱，也有人諷予「堵市」稱號。

然而，若是在二〇一一年的雨季造訪泰國，會發現東方威尼斯竟再現眼前——街道汪洋一片，各式小船取代原本因觀光興盛而有的大量計程車；繁忙的路口要道，成了船隻停泊接客的渡口；加油站排隊補滿油的不再是車輛，而是一艘艘小艇。

泰國分三季，十一月至二月屬涼季，三月至六月為熱季，而七月

慈濟志工運載四百份便當與飲水，來到積水未退的普魯克薩村；正在整頓家園的村民聽到廣播聲，放下清掃工具，有秩序地排隊領取。

至十月則是泰國人最期盼的雨季了；農人仰賴雨季甘霖，人們更將颱風帶來的大量雨水「浸稻穗頂」，視爲豐收的象徵。

有別於前一年七月乾旱不雨，這次雨來得準時；爲了蓄水供農，各水壩維持一貫作業模式，絲毫不洩洪。殊不知七月起暴雨持續，加上多個颱風自南中國海、越南入侵，挾帶大量雨水；結合種種因素，讓泰國承受三百年來最大的洪水侵襲，三分之二國土淪陷，首都曼谷在保護政策下依舊潰守。

這場「慢海嘯」拖拖延延，六十五府、一千三百多萬人受到深遠的影響。泰國人形容洪水猶如一場慢性自殺，帶走六百九十八條人命，一千三百萬隻牲畜受難，淹沒一千一百萬萊良田，沖垮二十三萬萊養殖業，也讓一萬三千條道路、七百二十四座橋梁失去作用。出口大國的工業幾乎停擺，影響遠及國際。

根據泰國國家災難警報中心（National Disaster Warning Center）統計，截至十二月中旬，有九府尚未脫離惡水，一百六十五萬戶人家仍與之搏鬥；社會發展福利部（Ministry of Social Development and Human Security）次長帕妮達．干璞（Panita Kambhu）表示，「估計這場水要退，至少還要半個月。」

人們常以「哉焉焉」形容泰國人，這個詞即泰語「慢慢來」之意。一名外商苦笑著說：「泰國人個性與動作都是哉焉焉，但沒想到大水撤退的速度也同樣是哉焉焉。」

自水災開始之初，慈濟志工由北至南設立熱食站，趕製出十多萬份便當給無力炊煮的居民；隨著水勢逐漸退去，人們的工作從抗洪轉爲重建，志工也從收容中心的關懷，轉爲重建路上最緊實的後盾。

直到十二月中旬，不僅在九個地區供應熱食，也分送到各個工業區，讓復工打掃工廠的工人飽足體力，早日恢復生產線。

慈濟提供以工代賑機會，協助曼谷農鑾區涵灑村村民一起清理家園。
（攝影／桑瑞蓮）

慈濟泰國水患救災協調中心
Tzu Chi Thailand Relief Coordination Center

「這場大水平均水位超過一公尺，可想而知所有東西都泡壞了；即使重建，短時間內也無法恢復正常的炊煮，所以我們要堅持下去。」來自泰北的慈濟志工陳世忠，八月帶著鍋鏟南下，已經停留災區四個多月，笑說一輩子不曾出家門那麼久，卻也認爲這是最值得的一趟遠門。

問他何時才結束任務，他表示：「直到受災的鄉親說不需要我們爲止。」

查卡朋．西替坦（Jakapong Sitthitham）十一月底返回曼谷西邊的佛統府（Nakhon Pathom），家鄉普魯克薩村水深尚有八十公分，對比他離家避難時那兩公尺高的惡水，已經好過多了；但是出入不便仍影響著基本民生，所以全村僅兩成人口回歸，負責守護治安與家當。

「船商哄抬價碼，出去一趟就要三百到五百泰銖，我們沒有能力支付。」查卡朋表示，受災前，工人平均一天的基本工資不過兩百多元，更何況大家都尚未回到工作崗位，暫時失業中，只能仰賴慈善團體送來的米糧、罐頭跟泡麵，三、五戶人家共同炊煮分食，偶爾從污水裏撈幾條魚當配菜。

「水退去之後，出入交通正常了，但是工廠大多尚未復工，大家仍舊沒有收入；隨著回來的人愈來愈多，物資相對短缺，有一餐沒一餐的。」

泡水一個多月，多數大型家具泡爛毀損，漂流垃圾眾多，髒臭污水滋生細菌與傳染疾病；光是清洗、消毒及清除大型家具，就耗損不少體力，也非一時半刻可完成。就在困頓的此刻，他們聽到一聲聲的廣播。

「那是來自臺灣的慈濟基金會，志工開著車，載來乾淨的飲水以及便當，沿路廣播詢問有沒有人需要。」查卡朋說，車子走進巷巷弄弄，很多人循著廣播聲跑出來領便當與飲水。

「還記得第一天分到一半就沒有便當了，慈濟志工一直道歉，並保證隔天會再過來。」查卡朋談及這段回憶時，笑容很光彩，「隔天

他們果眞來了，而且還準備更多便當，讓村裏人人都有飯吃。」

食用完畢後，他們將便當盒清洗乾淨，翌日歸還，以響應環保。「拿著空便當盒等著慈濟志工來，成爲我們每日中午最期待的事情。因爲熱飯菜不僅補給清理家園所耗費的體力，對於大多失業的我們來說，這樣一頓飯意義相當重大。」

除了供給災民餐盒，慈濟志工也體恤軍方救災的辛勞。志工黃灌君表示：「軍人長期泡在水中協助救災，我們送去貼身衣物供他們隨時替換，避免產生皮膚疾病。」

災難中，人助是即時的救難，而自助的可貴才能讓災民更有抗災力量。

華富里府連續兩年都被列爲重災區，位於該府的馬哈宋鄉第

水燈節這一天夜裏，民衆手捧水燈，虔誠祈求大水早日退去。

四村，有一百四十戶人家、約三百多人，家家戶戶幾乎都帶點親戚關係，「長久的家庭紛爭或是政治意見分歧，使得彼此間的感情很差。」村長甘諾潘．波依琳（Kanokporn Poeyklin）不避諱讓外來客知道這件事情，因爲這些紛爭已經被這場大水給通通洗去了。

擔任村長的甘諾潘，本身也是一名護士，服務於華富里府市中心的醫院，二〇一〇年水患來臨時，她棄守家園，搬到市中心未淹水的地方居住，除了避難也方便上下班。「這場水退了之後，我去了臺灣，參訪一個名爲慈濟的慈善團體，發現他們的救災方式並非是口頭指揮，而是帶著物資、人力與醫療前進災區，貼身與受災民眾一起度過難關。」

「身爲村長，也是救人性命的護士，大水來時怎能如此自我？」這次，甘諾潘堅守家園；院長前來探望，了解並支持她的想法，不僅允許她駐守當地服務病患，甚至還送來一條備有馬達的小船，方便她運送病患前往醫院就診。

每天，甘諾潘親自送藥上門給慢性病患者，也由於她在村莊坐鎮，村民因爲水災而引發的皮膚病、被水中異物割傷、泡水淋雨而導致感冒發燒等，都能在第一時間得到醫療照護，「漸漸的大家就團結起來，會划船的人當船夫負責出入交通及採買工作，木工以及水泥匠日日巡視即時修補，婦女們則集結起來烹煮熱食。大家出錢出力，即使頓失經濟也不用擔心。」

有別於其他村莊因爲大水不退而愁雲慘霧，甘諾潘所屬的村莊幾乎天天都能聽見笑聲與歌聲，因爲這場大水雖然襲來了災難，更促使他們將愛找回來。

距離甘諾潘村莊不遠的巴單鄉，第四村村長薩懷．高亞佳根（Sawai Gaoiachagan）相當肯定甘諾潘攜手團結的作法。大水來臨後，她的村莊也發起自救行動，十名婦女帶著鍋鑪器具，尋覓一方高地，架起熱食供應站。

日日向熱食站報到的這群婦女，其實也都是受災戶，「慶幸的是，我們住在高腳屋上，生活還能維持正常。」薩懷笑說，當時唯一害怕的，是每天從熱食站回家時，天昏地暗的，看不見水中究竟有沒有鱷魚出沒，「划著船回家時，都刻意用槳大力拍打水面，希望趕跑鱷魚。」

自九月中旬開始啓動的熱食站，隨著水勢高漲也被迫遷移數回。「捧著鍋子、拿著刀鏟，就這樣跑給水追。」即使情勢困頓，但薩懷不曾放棄，每日烹煮著大鍋飯菜，划著小船送進淹水深兩米的村落，「雖然外界助援不斷，但多是一些乾糧；裏頭的人出來一趟不容易，一口熱食在這個時期顯得相當珍貴。」

能有這樣的體會，源自於過往經驗，薩懷表示：「二〇一〇年我們受災時，慈濟基金會第一時間就來這裏設熱食站，我很驚訝也很感動，原來一口熱騰騰的飯菜，可以帶來飽滿身心的力量。」

拿著愛心便當，受災民衆揮手道謝。即使出入不方便、生活有困難，但在民衆自助、各地志工馳援下，微笑國度的笑容沒被輕易抹去。

泰國水患不僅淹沒良田民宅，也吞沒工業區，連帶將工業污水、油漬帶入水中，家當被這樣的惡水浸泡一、兩個月後，大多惡臭腐蝕，木頭家具也崩解，許多居民外出避難時將家電及重要物品放在木櫃、木桌上，結果都是枉然。

慈濟志工邱淑芬等人走訪街坊，發現居民實際的困境：「有一戶人家清理完畢後，整間屋子唯一剩下的是一張生鏽的鐵床，還有布滿牆上的黑霉菌；工廠還沒復工，他們也沒錢添購家用品。」

於是，慈濟發起以工代賑，聘請受災民眾打掃家園，結合眾人的力量，親幫親、鄰幫鄰加速災區復甦，每日發予工資四百泰銖。梧泰·莫波（Uthai Muangpho）大呼不敢置信，「政府規定的最低工資不過兩百多泰銖，據說明年會調漲，但上限是三百。」

梧泰雖然是曼谷居民，但是她所住的賽他吉村卻沒有都市應有的光鮮風采。在普遍貧困的村落裏，村民大多擺攤做生意或是打工，災前她賣烤香蕉維生，生意最好時，一天也只能賺兩百多泰銖。

當梧泰離開收容中心，回家開門那一刻，「我想，是不是回收容中心日子會好過一點？」收容中心雖然沒有隱私，但是物資樣樣不缺，甚至有免費剪髮、醫療服務；而今家具全毀，連碗筷也漂流不知去向，她的烤香蕉攤完全沒入水中，所有家當只剩一桶瓦斯。

雖然政府補助災戶五千泰銖，但必須等到審核通過才能領取。「這幾日我被逼得走投無路，也沒有土地向銀行貸款，差點就要去借高利貸了。」梧泰說，高利貸一天要繳交百分之二十的利息，若是烤香蕉攤能夠恢復以往的營生，每日還完借款利息，剩下的錢只夠三餐吃喝，根本無力再添置家當。

「當我聽到廣播說以工代賑一日四百泰銖，還是打掃自己的家園，簡直不敢相信，衝過積水跑去村長那裏登記報名。」她向村長確定工資，上工第一天又確認一次，直到下工時，扎扎實實領到現金才終於相信一切不是夢。

才三天，賽他吉村恢復原本的風貌，梧泰的以工代賑告一段落，總計領取一千兩百泰銖，她呵呵笑說：「我的小攤復工成本是一千泰銖，還有兩百元可以買其他東西呢。」

慈濟以工代賑，走入曼谷挽奇區賽他吉村、農鑒區涵灑村，及佛統府普魯克薩村。前兩個社區，原本估計兩週清理完畢，在力量凝聚之下，短短三天及五天就完成，恢復生機。

一開始起重機與怪手供應吃緊，慈濟只能租用大型卡車運載垃圾，在涵灑村打掃時，志工及鄉親還充當人體起重機；吸飽水分的海綿床墊，動輒百來公斤，八個人還扛不上大卡車，有時候力氣與角度不對，甚至還掉下來，只差毫米就會被砸傷。

將垃圾袋丟上卡車時，如果不慎勾破，裏頭的污水、蠕蟲向下撒出，「臉上、身上都是蟲，太可怕了。」即使如此，邱淑芬等志工未曾放棄，「看到這些以工代賑的鄉親，很不捨，他們什麼都沒有了，還要處理滿坑滿谷的廢棄物。快點幫他們清乾淨，好讓生活重新上軌道才是最重要的。」

此外，志工也前進校園協助恢復整潔，以利盡早開學。曼谷的瓦拉巴考（Wat ladplakao）小學校長普利達婉．依塔薇莫絲麗（Predawan Intavimolsri）表示，原本開學日是十一月一日，也是她到校任職的第一天；她穿著正式的卡其色教師制服，別上代表位階的徽章，還穿了一雙低跟的鞋子，沒想到車子一開到學校，積水深深，副校長手裏拿著雨鞋涉水出來迎接她，「我就在校門口脫下鞋子、絲襪，光著腳踏出進入這間學校的第一步。」

「十二月五日那天，是泰國國王的生日；二十多位慈濟志工一來，馬上走去垃圾最多、枯枝最繁雜的地區清理。在老師跟志工一起努力之下，一週後就開學了。」普利達婉說，隨著大水不退，開學日整整延宕一個半月，「現在全校每天多上一節課，週六上整天課，如此一來就能在結業式前完成教學進度。」

回饋之旅

「慢海嘯」自二〇一一年七月侵襲泰國，直至十二月初，曼谷地區大多能自淹水的惡夢中逃脫。接連兩週的連續假日，部分觀光地區早已清理完成，迎接度假人潮。

這波人潮中，有五十位來自北方的中學師生，坐遊覽車來到曼谷，目的並非旅遊，而是要投入以工代賑的打掃活動，協助尚未完成清理的村莊早日恢復生活。

「我們前一天下午五點上車，抵達曼谷已是早上七點多了。」清邁慈濟學校駐校代表黃雅純說，雖然坐了十四個小時的車，但是南下曼谷，卻是師生們這學期最大的盼望。

瓦拉巴考小學因大水停課一個半月，在慈濟志工與老師合作清掃下，終於開學。

這一次泰國水患從北部開始，部分地區出現土石流及積水，所幸很快就退去，「這些事件發生在上學期末即將放假時，我們學校師生都有去災區幫忙。」

本以爲災難已去，誰知假期過後，大水淹沒中南部，千百萬人受到影響。清邁慈濟學校十月三十一日開學當天，黃雅純利用兩節課的時間，向學生說明水患現況。「下課之後，許多比較大的孩子跑來問我，有沒有機會到曼谷幫忙？」

當時水患嚴峻，深入災區實屬危險，於是黃雅純讓孩子們製作慰問卡片，三百張的鼓勵與支持，由曼谷慈濟志工帶到收容中心致贈給民衆。之後，校方也舉辦兩場義賣，三萬多元善款是學生與老師在有限能力下，發揮出的飽滿愛心。

十二月五日那週，正値泰國人最敬愛的國王蒲美蓬八十四歲華誕，舉國歡騰，清邁慈濟學校也舉辦爲期三天的慈善路跑活動。

「孩子們跑校園一圈，老師們就捐出一泰銖賑災；若是老師跑一圈，校長就要捐出五泰銖。」黃雅純解釋，所謂的一圈不是操場四百公尺那麼簡單，要從升旗臺跑過一個上坡，再經過風雨操場繞過老師宿舍，估算這樣一圈至少有一公里的距離，再加上校園地形坡度，黃雅純笑說，「一圈才一泰銖，這個錢好難賺！」

然而慈善路跑踴躍，三天募得一萬多泰銖，對全校六百多位師生來說，算得上是超乎預期了。

就讀高一的詹吉拉．賽南（Jenjira Sarum）個頭嬌小、身材纖細，談起路跑，她雖喊累，但也有六圈的成績，「我一圈要跑二十五分鐘，但我們班上有人更厲害，跑了十七圈呢！」

這一回，學校不是將募款匯到曼谷，而是由學生親自前來遞交。「慈濟志工展開以工代賑行動，我們終於有機會可以幫忙，但因打掃工作粗重，又要深入災區，只開放給國三以及高一的學生參加。」黃雅純進一步表示，一趟旅費一千三百泰銖，由於是志工服務性質，師生們自掏腰包，「這次來的都是高一學生，但這一屆學生家境都不算

清邁慈濟學校的老師與學生歷經十四個小時車程，來到曼谷災區與慈濟志工會合投入打掃，雖然身體疲憊，心靈卻相當富足。

太好。」

詹吉拉即是其一，但她助人的心卻相當熱忱，早在學期初得知水患規模就開始準備，「我跟四個同學約好，只要有機會就一定要去中南部幫忙；除了存下父母給我的零用錢，我還打算到便利超商打工，一小時工資大約二十幾泰銖，慢慢存。」

這分心意感動校長，在幾番思量過後，決定讓家境困難的孩子們，以分期付款的方式繳交旅費。十六位學生中，就有十二人分期付款才得以啓程。

孩子們一早到現場，馬上拿起鏟子剷除淤泥污水，看見水溝積水難退，毫不遲疑戴上手套往裏頭探去，在深如墨的臭水中撈出一團團阻塞水道的垃圾；才半天時間，他們身上的運動服早已失去整潔的白。雖然如此，中午用餐時間還捨不得放下手中工具前往用餐。

身材高大的趙必崙說：「覺得很可惜，還沒做多少事呢。」當初他向母親表達前往曼谷的意願時，母親告訴他：「一千三百泰銖可以買很多物資、幫助很多人；但花在車資上，你這樣一個孩子的力量能幫助多少？」

他的愛心終究取得母親的同意，但扣除來回二十八小時車程，實際做事也不過一天，「或許就像媽媽說的，我的力量可以幫助多少？所以我不能浪費時間，要趕快做，才值得。」

得知學生們自願分期付款搭遠程車來這麼一趟，皆已爲人父母的慈濟志工不禁紅了眼眶，直說：「孩子們長大了。」他們熱心想要支援旅費，不過孩子們都拒絕了。

「過去我們總是接受志工的付出，今日終於能夠回饋了。」黃雅純話語中，滿滿是刻骨銘心的感謝與感動。

一九九四年，慈濟志工進入泰北山區訪視村落，陪伴兩處安養中心的老兵，並替難民村建設房屋、舉辦農業講習；而後爲了清邁慈濟學校的建設，又花費數不清的時間、體力與金錢，往返曼谷與泰北尋覓校地。

爲了籌募建校資金，他們舉辦各式茶會、音樂會，並捐出珍藏多年的珠寶首飾與古董義賣；學校啓用後，他們的愛並沒有因此停頓下來，每年還承擔起幾百萬泰銖的校務費用，以鞏固高品質的教學環境；每一分錢均彎腰募款而來，或來自每年端午與中秋的粽子、月餅義賣所得。

考量學校人手不足，每逢開學、結業典禮，他們總是十幾、二十人從曼谷北上幫忙，「還記得早期我們都是開車去，十幾個小時車程由三位師兄輪流駕駛，我和幾位師姊就專門一路暈車上山。」慈濟志工陳秀佳笑著跟身旁的陳麗暖說：「你還記不記得那時候？」

「當然。」陳麗暖一想到那蜿蜒的山路和迢迢路途，臉上的表情不是皺的，而是開朗的，「沿路吐上山啊，但是每次都還是舉手要去，畢竟那是我們自己的學校。」

雖然每一次都暈得東倒西歪，但他們未曾缺席，陳秀佳說：「上人在泰國蓋了一所學校，是給泰國志工的一份禮物，也是我們的責任，有義務要把學校照顧好。」

志工們看到師生們積極募款、南下馳援，就像是角色對換，既感動又不捨；但是黃雅純的一番話卻足以代表清邁慈濟學校的心聲，「師姑師伯們覺得孩子們來一趟很辛苦，但這跟他們以前來泰北的路程是一樣的；學校已經開辦六年，當年的小蘿蔔頭長大了，也能回饋慈濟志工的愛。」

清邁跟曼谷，一北一南，兩端距離有七百公里遠，近乎臺灣南北距離的兩倍，一九九五年，泰北扶困計畫不僅爲泰北與臺灣建立起更深厚的情感，也爲泰北與曼谷兩地的人們串起緊密連結。而天災大難中的互助互協，更爲無情的災難增添了柴火溫情。

【採訪後記】

看見天明

一顆或許已經殞落的星，卻因爲距離、時間的交錯，在我眼前閃耀著光暉；幾百萬年前的星體，將它們發光發熱的生命奉獻於此刻。

「你想告訴我什麼？」逐漸探索異域孤軍的故事，十多年前對著夜空問過的話，又再度從口中傾吐，只是這回不再懷著年少浪漫情懷，複雜的情緒幾度讓人泫然欲泣。

那是在泰北的義民文史館。黃色的屋簷、紅色的梁柱，標準的中國式建築分左廊、右廊與中殿。左廊上，一禎禎的黑白照片搭配淺顯文字，僅僅十餘幅就走完那段艱苦的歲月，不捨與遺憾的情緒交錯在心中。

腳步隨著廊道踏入中殿，突然間，我無法再移動雙腳。數百座朱紅牌位，排排列放令人鼻酸，但令人湧出淚水的，是毫無掛飾的白牆上以紅色顏料大大漆寫的那四個字——精忠報國。這四個字宛如沈重的槍枝，壓在他們的牌位上、肩頭上，直到人去魂散。

若要以一種植物來形容泰北孤軍，我想非曼陀羅花莫屬了。曼陀羅花又名醉仙花、狗核桃、瘋茄兒等，別名高達八種；孤軍因為定位複雜，對泰、緬、寮等國而言，到底是盟友還是敵人？曼陀羅花含毒，孤軍的強悍令各國望之膽怯，否則哪有兩次撤臺，又被重用抵禦泰共？

曼陀羅花潔白無暇，就如孤軍忠貞不二；曼陀羅花生命力強，泰北村落到處可見，就像孤軍自雲南一路撤走，至今在泰北安然茁壯。

自泰北返臺，我將一個月的採訪濃縮至一萬餘字刊載在第五百五十一期《慈濟月刊》。出刊後不久，接到一通來自屏東讀者的電話。

電話那端有著濃厚的鄉音，對方自我介紹，今年八十二歲，空軍上校退役，「看了你的文章，我內心有許多感觸。民國五十年第二次撤臺，我就是開飛機去泰北接那群人回來的其中一個。」

幾日後，我與他——許浩然老先生，約在屏東見面。

雖然上了年紀，許浩然一頭未曾染過的髮絲依舊烏黑，腳步相當穩健，開車當然也行。坐上車，他便開始談起那次撤臺任務。

「接運孤軍返臺的行動定名為『國雷演習』，又稱『旋風計畫』。」許浩然說，這一趟任務雖是國際的決定，但並不保障安危，為避免中途遭中共派機攔截，空運機隊都是在黃昏或黑夜起飛，先繞過海南島外圍，從南越控制區北端的順化上岸，再經過寮國領空飛向泰國清邁。

「十小時不著陸的長途飛行，對我們來說不僅是首次，在國際間也不多見。而先遣小組在當地機場只建通訊電臺，並無助航及夜航設備，因此飛行員都必須靠目視。」許浩然回憶，當時除了天上的星、空中的雲以及茫茫無邊的海，根本沒有任何標示可以作爲飛行參考。

許浩然曾打過八二三砲戰，也參與過越戰，對於這次航程抱持嚴謹態度，卻也信心滿滿。「在屏東的機場準備出發時，燈火通明，車輛不停奔馳、加油、試車與檢查，雖然大家都很忙碌，卻帶著興奮的笑容，好像在辦喜事一樣。」他笑了一笑，自問自答，「不是嗎？大家都在等著迎接祖國兒女的歸來。」

最後，許浩然運駛的飛機，低空通過清邁機場上空，平穩地降落在跑道上。在異國土地上，首先印入眼簾的是青天白日滿地紅國旗，接著看見以樹叢編織的竹棚下，男女老幼人人引頸期盼。

「他們就是要撤回臺灣的孤軍和家眷，電影異域曾演到接機那一幕，人人搶著上飛機。」許浩然大氣一吐，「那是電影效果，實際上他們都相當有秩序。」

說著，許浩然的車進入屏東縣的里港鄉，他介紹八十七歲的陳訓民給我認識，直說：「他就是當年我們載回來的那一批人之一，這裏的上校就他一個，是素質最高的！」

陳訓民身材高大，拿著一疊黑白老照片。照片中，國軍挺起胸膛，衣衫整齊，井然有序地列隊行走，領隊者掌旗，那是一面國旗。「這是我們剛下飛機時。撤臺大約有四千多人，先是降落在屏東，之後再送我們到高雄鳳山的中正預校集中。」

他再翻出一張照片，畫面中大家圍著一圈小凳子，飯菜就放在地上，「第二天我們就坐火車到成功嶺，這是在成功嶺用餐的畫面。」陳訓民齡老智不衰，還記得在成功嶺居住的那一、兩個月吃過的飯菜，「有豆腐乾炒韭菜、炒空心菜，最高等的就是豬腳黃豆！」

在成功嶺都做些什麼呢？陳訓民說他們在等待並做決定，「想繼續留下來服役的就當兵，不願意的就歸化義民，政府找好土地、蓋好房子才將我們從成功嶺遷出去。」

陳訓民選擇繼續服役，他的太太則回歸平民生活，並落腳里港。

屏東縣的里港與高雄市的美濃雖分處不同縣市，但以地理位置來看則是連成一氣，這群泰國歸來的義民被分配到兩地四個部落，分別是信國、定遠、成功與精忠。

有別於成功嶺令他難忘的飯菜，來到里港，陳訓民開始後悔了。「像河床一樣全是石頭！一根草也沒有，一棵樹也沒有，每天起床就是在搬石頭整地，實實在在是在墾荒。」

之後，我又拜訪國軍第二代魯平安，雖然遷臺時他不過幾個月大，但對從小居住的地理歷史很是了解。

魯平安說，他們定遠部落這一塊地的北方住著客家人，南邊則是本省人，「我們這塊地是河床地，也是有土，但大部分是石頭和沙子，什麼也種不出來，是客家人跟本省人不要的地。」墾荒期來來去去也耗盡一年半載，大夥兒的皮膚都被曬得黑亮，「所以本省人都叫我們黑人，說我們是黑人村莊。」

魯平安領我看一張村莊早期的老照片，指著兩戶人家中間的圍牆要我細看，「看，連圍牆都是用石頭砌的，就地取材呀！」

石頭搬完之後，政府自外縣市運土過來，幫他們塡入三十公分深的土，並發予幾株芒果苗，但拿槍比拿鋤頭在行的他們，哪裏懂得耕種？「苗很快就死了，有點交際手腕的人去跟本省人打好關係，跟他們學，學了之後再回來教村民。」

「當時大家都覺得很懊悔——怎麼回來臺灣，日子一樣難過？」魯平安說，當時最讓他們痛苦的不只是環境困難，還有省籍歧視。孤軍在泰北時，不僅要面對戰爭的危險、環境的險惡，身分不合法的他們還被冠上入侵者的頭銜；然而回到臺灣，他們雖然免去戰爭之苦，但同樣得面對戰後的困頓環境，且無法取得當地人的認同。無論在泰北或是臺灣，他們都像是外人。

一九九〇年，政府依榮民退輔政策放領土地，他們墾出的荒地終於成爲一張自有地契，再加上臺灣經濟連三跳，牽動土地價格飛揚，魯平安表示：「剛放領時，一分地值三十萬，之後曾衝到一百五十至一百六十萬，現在平均價格是八十萬。」

隨著局勢更迭變化，地價增值、政府的照顧，和孩子們的教育普及，讓這群曾懊悔到臺灣的人，漸漸地定下心來。陳訓民回想來臺這四十幾個年頭，對於回臺的決定感到萬幸，「隨著生活愈來愈穩定，我們都覺得回來是對的。」

走訪泰北與里港，我有一種感覺──這群背景相同的人們，並沒有因分處兩地而發展出不同人生，他們的奮鬥、求生與爭取，到如今擁有安定生活，過程都是同樣艱辛。

這一段歷史雖然有著許多悲傷故事，但令人深感慶幸的是，隨著時間的消逝，已逐漸輕盈。

一九九四

・1月29日，僑務委員會委員長蔣孝嚴至靜思精舍拜訪證嚴上人，因政府專案撥款援助即將於年底結束，期慈濟援助泰北同胞。

・4月18日，王端正副總執行長偕同靜思精舍德融、德旻師父暨慈濟志工一行六人走訪泰北清邁、清萊府二十八個難民村。

・11月3日，王端正副總執行長再度偕同慈濟志工赴泰北難民村訪視，並於返臺後親自擬定泰北三年扶困計畫。

一九九五

・1月1日，展開「泰北三年扶困計畫」，包括老兵照顧——針對清邁府熱水塘與清萊府帕黨傷殘老兵安養中心，每月致贈敬老金、生活物資；難民村援建——為清萊府回賀村、滿嘎拉密撒拉村，及清邁府昌龍村，興建一百三十戶磚瓦房；農業輔導——延請專家針對泰北作物特性，巡迴各村進行農業講習，輔導種植茶、果樹等以增加收入。

・6月12日，泰國聯絡處成立。三年扶困計畫改善泰北難胞生活，也讓慈濟在泰國落地生根，許多華商、華僑因此加入志工行列。

・7月1日，位於清邁府查巴干縣帕亮村泰緬邊界山上的華亮農場，由慈濟接續經營，除了負責培育果苗、茶苗，低價供應各村種植外，並提供難胞就業機會、訓練農業人員，改善其生活。

．10月，定期關懷紅統府瓦保育幼院至今，資助援建育樂中心，提供院童營養補助、生活物資、獎助學金，為其醫治頭蝨、修整儀容，並教導種植蔬菜、清掃環境。

一九九七

．5月1日，清邁府芳縣縣長杜文生來臺拜會證嚴上人，感謝慈濟重建泰北難民村，並為慈濟在當地建校請命。

．12月7日，芳縣縣長與府議員、教育科長來臺拜會證嚴上人，並表示縣內願捐出公有土地支持慈濟建校。

一九九八

．2月1、21日，泰國臺商聯誼會發起「臺北有愛，泰北有情」書包發放活動，慈濟人負責將四千七百五十個書包送至清邁地區二十三所學校。

．6月12日，泰國聯絡處升格分會，獲核准為當地政府立案的民間組織。

一九九九

．3月22日，清邁支會成立。

・8月6日，東部八省爆發嚴重水患，至尖竹汶府、噠叻府偏遠重災村落，進行白米等民生物資發放，嘉惠九百九十七戶。

二〇〇〇

・9月12日，東北部四色菊府大雨，籌集一千兩百份物資，前往重災區干他拉隆縣、央春諾宜縣發放。

・9月18日，慈濟骨髓捐贈中心首次送髓泰國，是泰國第一例非親屬骨髓移植。

・10月24日，再度前往干他拉隆縣、央春諾宜縣，致贈糯米、棉被、冬衣予九百六十二戶居民。

二〇〇一

・5月5日，泰緬邊境發生槍戰，在軍方協助下，前往發放生活物資予一百二十戶避難到芳縣萬養村的少數民族。

・5月7日～8日，泰北帕府汪欽縣洪澇成災，逾百人傷亡、失蹤，近兩百戶房屋全倒；前往三個鄉、十九個村落，致贈往生者家屬及房屋全倒戶急難救助金。

・8月12日、16日，烏莎吉颱風重創泰北碧猜汶府隆薩縣南戈村，先提供米糧與飲水，再依受災民眾需求採買物資、發放慰問金。

・9月18日，東北部黎逸府席拉噴縣，大水淹沒農田與房屋，多所學校停課；前往受災最嚴重的四個村落，發放一百七十八戶民生物資。

二〇〇二

・3月6日，世界佛教大學頒發「佛教傑出女性獎」予證嚴上人。

・4月27日，清邁慈濟學校動工。

・8月21日、27日，連日大雨，湄公河水位急漲，前往廊開府勘災、發放，致贈受災民眾生活物資和藥品。

二〇〇三

・4月12日，前往達府昧烏索鄉為少數民族舉辦義診、搭建學生宿舍、發放新制服給學童。

・10月3日，素可泰府撒瓦嘎洛縣發生嚴重水患，發放物資予兩百九十七戶、一千兩百零六人。

・11月7日、14日，佛丕府山洪爆發，前往踏央縣、半臘縣、嫚連縣發放大米、飲水及藥品，計一千四百七十一戶受惠。

二〇〇四

・12月26日～31日，印度洋海嘯重創泰南，成立救災中心、展開募款行動，並組成勘災小組，前往普吉島勘災，分送屍袋給救災指揮中心、普吉中央醫院與拉殿寺；發送應急金、炊具與三個月份量的食油、速食麵，予攀牙府奈來村一百零七戶災民。

二〇〇五

・5月16日，清邁慈濟學校小學部開學，採中泰文雙語教學，除招收難民村學齡兒童，也吸引泰籍學生就讀。

・8月31日，「泰國復興國家道德力量推廣中心」參訪團一行四十五人，首度來臺參訪慈濟，截至二〇一二年底，共四百零一團、一萬三百五十四人次來訪。

二〇〇六

・5月24日，北部五府水患嚴重，前往程逸府發放慰問金予往生者家屬和房屋受損者，共一百二十四戶。

・6月1日，再度前往程逸府發放物資予五百五十三戶。

・6月6日，受邀到曼谷彭世洛府大學，舉辦大型愛灑人間活動，共五千五百名新生與會。

・9月16日，首次舉辦大型眼醫義診，嘉惠一百八十九位病患，並協助三十七位白內障患者至醫院手術。

・10月9日～11日，清邁府芳縣萬養村、版塊村，山洪爆發，進行急難慰問金及物資發放。

・12月9日～20日，泰國道德中心派員來臺研究慈濟教育系統、教育環境及師資、志工訓練等，以作為政府道德建立署施政參考。

二〇〇七

・4月26日，慈濟大學與泰國朱拉隆功大學簽訂學術交流協定。

・6月27日，泰國慈濟人醫會成立，由曼谷曼飄醫院院長吳進擔任召集人。

・9月13日，慈濟大學與泰國宋卡師範大學簽訂姊妹校合約。

二〇〇八

・1月30日，慈濟大學與泰國孔敬大學締結為姊妹校。

・8月5日，首次於拉查縣蓮差邦海關舉辦義診，由曼飄與挽才攬兩家醫院承擔醫療服務，照顧海關人員、家眷，及社區民眾健康；截至二〇一一年底舉辦過三次義診，合計嘉惠一千五百七十一人次。

・11月21日，泰國道德中心與慈濟四大志業簽訂交流合作備忘錄，未來針對經驗學習、志工精神等進行交流，並期在泰國各社區推廣靜思語，鼓勵民眾結合事業志業，推動志工精神。

二〇〇九

・1月19日，曼谷森林學校邀請慈濟人開辦靜思語人文課程。

・1月22日，挽才攬醫院邀請慈濟協辦志工培訓課程。

・2月28日，泰國慈濟大專青年聯誼會成立。

・12月14日～17日，泰國教育部委託慈濟，於芳縣舉辦為期四天的人文研習營。

二〇一〇

・5月13日，慈濟技術學院與朱拉隆功大學簽訂學術合作備忘錄，規畫多元學術合作領域，包括師生交換、跨國研究、聯合舉辦國際研討會以及發展實習課程等。

・7月5日～12日，與泰國教育部合辦兩梯次教育人文研習營，邀請全泰各學區兩百一十位督學參訪清邁慈濟學校。

・7月11日，靜思書軒在曼谷開幕。

・9月10日，與博仁大學合作演出《父母恩重難報經》音樂手語劇，傳揚孝道，共四百五十三人到場觀賞。

・10月20日～11月2日，泰國中南部豪雨成災，波及近百萬家庭。

於中部華富里府技術專科學校成立救災協調中心，展開熱食發放，並提供義診；至大城府那空鑾縣挽尖鄉，發放飲用水；提供南部宋卡府合艾市詹把替社區飲用水、衣物、棉被等物資。

・11月5日～7日，帶動當地志工和華富里府技術專科學校學生，清掃社區公共場所；於巴單鄉第三村舉辦感恩祈福晚會，將一百份熱食送往第六村，並進行家訪。

・11月29日，在合艾市宋卡王子大學會議大樓，舉辦「有您真好」愛心晚會；翌日，將三百六十一片鐵皮送往合艾市詹把替社區，讓二十戶重建家園。

・12月6日，前往大城府嗎哈叻縣喃道鄉，發放棉被、草蓆和白米予一百八十五戶受災居民。

二〇一一

・4月1日～30日，泰南地區豪雨成災，殃及十餘府，逾百萬人受災。前往甲米府考帕農縣、博他倫府坤卡倫縣、洛坤府偌彼淡縣、素叻他尼府奔屏縣等災區勘災，並陸續發放急難救助金、生活物資。

・5月18日，於開學前至素叻他尼府奔屏縣代空、筏沓社區，發放制服、書包等學用品予小學及幼稚園學生，共八百零三人受惠。

・9月2日～11月18日，持續暴雨加上連續颱風，淹沒三分之一國土，一千多萬人受災。於彭世洛府挽拉甘縣、華富里府持續供應熱食；於那空沙旺府成立救災服務中心，供應便當四千七百九十六份；於大城府挽巴茵縣提供兩萬兩千六百二十二份熱食，至那空鑾縣發放物資；進駐曼谷朗四區行政中心室內體育館的收容中心，陪伴受災民眾；供應曼谷地區一萬人次洗腎液、三萬袋一千西西生理食鹽水、六萬套點滴輸液器；致贈軍方五萬套內衣褲、二十四萬一千九百二十瓶五百公升瓶裝水。

二〇一二

・5月5日～6月10日，展開新芽助學金發放活動，共嘉惠四十二所學校，一千三百二十位清寒中、小學生。

・7月23日，朱拉隆功大學授予證嚴上人社會福利榮譽博士學位。

【參考書目】

1.《異域》，柏楊著，2000.12，遠流出版

2.《重返異域》，柏楊策畫、汪詠黛執筆，2007.02，時報文化

3.《異域三千里——泰北廿載救助情》，龔承業著，2007.11，中華救助總會

4.《異域行 泰北情》，石炳銘著，2008.11，中華救助總會

5.《金三角國軍血淚史（1950-1981）》，覃怡輝著，2009.09，中央研究院、聯經出版

6.《雲起雲落：血淚交織的邊境傳奇》，石炳銘著，2010.02，時報文化

7.《新聞舊事：非你所想的泰國》，凌朔著，2011.04，新華出版社

地球村系列 003・泰國
落地生根・否極泰來

撰　　文／凃心怡
攝　　影／林炎煌等

創 辦 人／釋證嚴
發 行 人／王端正
總 編 輯／王慧萍
主　　編／陳玫君
採訪召集人／呂祥芳
編　　輯／凃慶鐘、洪淑芬、李秀玲
審　　定／林櫻琴、梁安順、黃雅純、顏婉婷
美術編輯／林家琪
出 版 者／慈濟傳播人文志業基金會
　　　　　中文期刊部
地　　址／11259臺北市北投區立德路2號
編輯部電話／02-28989000分機2065
客服專線／02-28989991
傳真專線／02-28989993
劃撥帳號／19924552　　戶名／經典雜誌
製版印刷／新豪華製版印刷股份有限公司
經 銷 商／聯合發行股份有限公司
　　　　　23145新北市新店區寶橋路235巷6弄6號2樓
電　　話／02-29178022
出版日期／2013年3月初版一刷
定　　價／新臺幣400元

國家圖書館出版品預行編目（CIP）資料

落地生根．否極「泰」來／凃心怡撰文
一初版.一臺北市：慈濟傳播人文志業基金會，2013.03
460面；15×21公分一（地球村系列；3）
ISBN 978-986-6644-77-1（平裝）
855 102001834

地球村系列